古中国的爱情与战争

《诗经》的回响

[美] 王士元 著 罗静 译

生活·讀書·新知 三联书店

Simplified Chinese Copyright © 2018 by SDX Joint Publishing Company.
All Rights Reserved.
本作品简体中文版权由生活·读书·新知三联书店所有。
未经许可，不得翻印。

©2013 香港城市大学
本书原由香港城市大学出版社在全世界发行。
本书简体中文版由香港城市大学授权生活·读书·新知三联书店
在中国大陆（台湾、香港及澳门除外）出版发行。

图书在版编目（CIP）数据

古中国的爱情与战争：《诗经》的回响／王士元著；罗静译．—北京：
生活·读书·新知三联书店，2018.3
ISBN 978-7-108-05915-4

Ⅰ.①古… Ⅱ.①王… ②罗… Ⅲ.①《诗经》-诗歌研究
Ⅳ.① I207.222

中国版本图书馆 CIP 数据核字（2017）第 189890 号

特邀编辑　张　杰
责任编辑　叶　彤
装帧设计　刘　洋
责任校对　夏　天
责任印制　徐　方
出版发行　生活·讀書·新知 三联书店
　　　　　（北京市东城区美术馆东街 22 号 100010）
网　　址　www.sdxjpc.com
图　　字　01-2018-1341
经　　销　新华书店
印　　刷　北京新华印刷有限公司
版　　次　2018 年 3 月北京第 1 版
　　　　　2018 年 3 月北京第 1 次印刷
开　　本　880 毫米 × 1230 毫米　1/32　印张 7.25
字　　数　136 千字　图 24 幅
印　　数　0,001-7,000 册
定　　价　35.00 元
（印装查询：01064002715；邮购查询：01084010542）

目录

第八章　死亡的不公　147

第七章　有望与无望之爱　101

第六章　《诗经》中的爱情：《关雎》　089

第五章　《诗经》的遗产　075

第四章　《诗经》的结构　065

第三章　两位战士：妇好与召虎　051

第二章　牧野之战　029

第一章　神奇的入口　019

引言　001

英文版序　3

中文版序　1

第九章　红颜祸水与神秘的诞生　153

第十章　朝政：美刺与警示　171

第十一章　跨越时间与文化的鸿沟　205

参考书目　215

中文版序

近几年来中国在国际舞台上已逐渐崭露头角,除了经济实力不可小觑外,基础建设的发展甚至走出境外,令世人瞩目。伴随着中国的崛起,全球各地也兴起了一股汉语学习的热潮。正当国际友人纷纷意识到汉语的重要性时,国人对自己源远流长的中华文明的源起和博大精深的中华文化的内涵,却似乎没有给予相应的重视。由于我幼年就离开中国,且常年居住国外,自己始终对中国人的起源有着浓厚的兴趣,这促使我虽然对这个问题是个外行,却也愿意在闲暇之余提笔写写我对古代中国的一些认识。

拙作《古中国的爱情与战争——〈诗经〉的回响》于2013年出版后,有幸得到许多好友的热情回应,香港理工大学孔子学院的朱鸿林教授在阅读此书后,甚至请我于2015年11月到孔子学院,在"中国文化与宗教杰出学者讲论"系列讲座中做了一场名为"Vignettes from Ancient China"(古代中国的剪影)的演讲。在文化宗教的领域里,我实在不敢以"杰出学者"自居,但业余的随笔之作能引起如此大的回响,实在令我既惊又喜。

当初在撰稿之际,曾经请教过多位学有专精的人士,若不是他们悉心赐教,恐怕我的一些想法永远无法化为文字。这些专家在原序里已经谢过,因此这里不一一再谢。不过中文版得以问世,则非常感谢北京大学中文系的同行汪锋教授鼎力相助,委托北京大学中文系博士生罗静着手翻译,并积极联络生活·读书·新知三联书店,这本小书才有了与中文读者见面的机会。除了谢谢罗静字斟句酌地把原作翻译成清新优雅的中文外,也特别感激生活·读书·新知三联书店的张杰编辑及多位不知名的审稿者,这些编辑细读了译者的中文稿后,除了提出一些中肯的改进建议外,也挑出了原文里少许表述不够清晰甚至与史实不合的地方,让中文版的内容更加翔实精确。希望有兴趣的读者在展读此书后如果有什么体会,也能不吝与我交流,让我们一同对所有华人共享的文化遗产有更进一步的探索与认识。

英文版序

几千年来，中华文明的艺术与科学成果无数，是人类历史上最伟大的文明之一。然而一个半世纪前，在坚船利炮的冲击与鸦片的腐蚀下，中国几乎沦落到分崩离析的边缘。漫长的岁月里，中国遭受了一个文明所能承受的最深重的磨难之后，奇迹般地从被侮辱的深渊中重新崛起，一直在高速发展着。有鉴于此，人们不禁思考：这些中国人是谁？从哪里来？文化之根在哪里？古代的中国人民是怎样的？

正是这些问题激发了我写作这本书。本书涉及的方方面面，并非都是我的专业所长，但出于好奇心和对本国文化遗产持久的钟爱，我跟随不同时期的学术风潮业余学习过一些。虽然我也知之甚少，但这些话题实在太有趣，我难以抗拒与诸位分享的冲动。说故事之于我，正如书中插图《击鼓说唱陶俑》中说唱艺术之于脸上散发笑容的击鼓艺人。

我尝试着让普通人在没有任何专业知识甚至不懂中文的前提下也能理解这本书，因此在本书英文版中，把汉字放在了每一页的脚注中来帮助不熟悉的读者。普通话、汉语拼音与繁体字、简化字会在简介中涉及。在每一章的最后，我会提供更专业、更深入的尾注，想要进一步了解的读者应该能从中获益。

一些比我更专业的朋友阅读了我的草稿并提出了很有价值的建议，他们中包括加州大学圣地亚哥分校的陈渊泉、中国台湾"中研院"的何大安、南非大学的散复生、中国香港科技大学的孙景涛、英属哥伦比亚大学的高岛谦一。俄勒冈健康与科学大学的卜大伟则从另一专业背景——读者的角度提出了有价值的建议。香港城市大学出版社的陈家扬为我提供了编辑方面的支持，一如他曾在我其他作品中所做的那样。我还有幸在手稿的最后阶段得到了芝加哥大学夏含夷教授的意见，使得我改正了书中一些尴尬的错误。我甚至后悔没能更早些遵从他明智的劝告。

最后，我要感谢蔡雅菁鼓励我探寻我们共同的文化遗产，也感激她在漫长的几个月写作中，每天提供知识和实际的支持。书中收集的不少观点从她而来。总之，她是绝佳的缪斯女神！

尽管我从慷慨的朋友们那里得到了许多帮助，但本书依然存在不少不足之处。我只能期望宽宏大量的读者向我指出，使我得以继续学习。

中国有句古话叫"抛砖引玉",来自一个唐代的故事。故事说有人用自己的诗句起头,来诱引一位有名的诗人写诗。著名诗人来了之后看到他的诗句,就加上了更有才华的诗句,这首诗因而不朽。出版这本书,我也是希望更博学的读者继续探索古代中国的缤纷世界,并与我们分享他们的体会。

引言

下面，我们将要探索中国文化的根，约3000年前中国文化开始崭露头角。这本书以对古代地理及古代居民的讨论开始。关于这个区域基本的知识来自铭刻文字。这些文字大多刻在青铜器和甲骨上，其中的记载可以与古代历史学家几百年后的书面记录相互印证。事实上，20世纪初，一群有影响力的中国学者曾对古代历史学家的记载表示明确的怀疑。[1]到20世纪中期解读了大量铭文后，许多怀疑已经解决，同时证实了许多古代历史学家的记载。

我们会看到一些记录古代大事——比如牧野之战、周人克商——的铭刻文字。还有的是关于古代英雄的，如妇好和召伯。

- [1] 疑古派的领军人物是顾颉刚。顾颉刚的著作由汉学家恒慕义（A. W. Hummel）翻译成英文。

我们还有生动直观的地图与插图可以补充文字的记载。当然，甲骨文绝大多数记载的是不那么有价值的话题，而是今人看起来的琐事。可古人在做这些事——比如打猎、婴儿诞生、农业、战争、天气等各类情况——之前常常要聆听超自然力量的声音。

农耕民族能否幸福取决于大自然。没有雨水会导致干旱，太多的雨水又会导致洪水，大风会毁坏庄稼，大群蝗虫也会破坏庄稼。雷雨、闪电、月食都被迷信地解释为各种神的信号。中国古人与古希腊人的信仰不同，古希腊人把雷电与众神之王宙斯联系在一起，把太阳在天空的轨迹与阿波罗的战车联系在一起。

有时候神的怒火不得不通过各种各样以动物甚至人为祭品的祭祀来平息。在神话传说向更确切的宗教演化过程中，需要取悦数不清的神——有无处不在的神、地方性的神、无形的神、神人同形的神，等等。古代中国的文化形态可以归纳为"圣俗同在""阴阳对流""天地未分"。

阅读本书不需要了解汉字。阅读古代铭刻文字会让读者对汉字形态有最初的印象。我也会讨论古代记录时间的干支系统，这套计时计数系统今天仍然作为农历的基础使用着。这个系统包括了十"天干"和十二"地支"。它们最初的意义今已不详，"干"在古代被用来代表十天的一个周期，也叫作"一旬"。实际上，甲骨文中最常见的短语之一就是"旬亡祸"，意为十天没有祸患。

从第六章开始，我们会聆听到《诗经》这本古诗选集中保存下来的古人的声音。这种声音在3000多年来中国文化的塑造中起了基础性的作用。选集中最早的诗歌可以上溯至公元前1000多年，但许多《诗经》中的词语在现代汉语中仍然有人使用。人们歌唱爱情，哀怨不公正的现实，抱怨当时的战争，如同今天的你我。当然，他们面对的是一个不同的世界，他们生活在一个自然与超自然力量都非常重要的精神世界中。儒家推崇这本选集，并且鼓励人们学习它。故而几千年来《诗经》对中国文化的影响是压倒性的，其他文献远远难以企及。

从《诗经》305首诗中，我们选择了21首诗来细细品味。有些诗因反映了常人的行动与情感而入选，如《诗经》的第一篇《关雎》。这首诗写的是一位青年男子整晚辗转反侧思念自己的情人，想要用音乐吸引她。另一首《蒹葭》描绘了主人公沿着河流对爱人的追寻。这首诗后来还被改编为一首优美的现代歌曲，也收录在本书中，以作为比较。

其他的诗因体现了文化历史的某些方面而入选。中国夏、商、周三代祖先的神秘诞生，是反复出现的主题。这些民族英雄一出生就被上天赋予了权力与领导力。《玄鸟》以一只黑色的鸟而命名。一位妇女吞食了黑鸟的卵后诞下了商代祖先。《生民》记载了后稷的诞生，婴儿时期他就受到许多动物的保护，长大后教给人民农业的革新技术。

在我们谈论铭刻文字和诗之前，我们首先要明确基本的概念："中国"是一个由许多不同文化、语言组成的多民族、多元化的国家。要想了解中国历史,记住中国的朝代大致时间是很有用的。中国古代朝代更迭频繁,情况比较复杂,许多具体的时间还有争议。以下是一些常用的时间,起讫年代出自流行的《新华字典》:

夏	公元前 21 世纪—公元前 16 世纪
商	公元前 16 世纪—公元前 1046 年
西周	公元前 1046 年—公元前 771 年
东周	公元前 770 年—公元前 221 年
秦	公元前 221 年—公元前 206 年
西汉	公元前 206 年—公元 25 年
东汉	公元 25 年—公元 220 年

现在来说说汉语。我们可以从三个方面来探讨,即语音、字形和语义。尽管我们要讨论的是古代中国遥远的历史画面,但我们主要依靠的还是现代汉语(普通话)。① 为了帮助读者理解,这部分我们将简单介绍现代汉语的三个方面:语音会用汉

---

① 由于中国历史悠久,幅员广阔,中国实际上是由讲不同语言或方言的不同民族组成的共同体。尽管存在这些表面上的差异,但不同文化还是有共同的根,不少可以追溯到汉朝。"汉化"一词反映出汉代在历史上的重要性。现在中国重要的民族——汉族以此得名。中国进行交流沟通所采用的共同语言是以北京话为基础的。近 8 个世纪,北京几乎一直是这个国家的首都。这种共同语叫作普通话,本书正是用这一词来代表中国的官方语言。这种语言也叫官话、汉语、国语(用于中国台湾)、华语(用于东南亚)。

语拼音来拼写，字形会采用简体字，语义会通过骨架式翻译来传达。

书中入选的诗歌会用汉语拼音给出现代发音，方便体现押韵。[①]3000多年来，汉语语音发生了很大的变化，商代妇好说的语言与现代安阳妇女说的普通话自然有所不同。《诗经》与现代汉语的差距远远超过14世纪乔叟使用的英语与现代英语的差距，这自然是因为《诗经》与现代汉语相隔的时间要长许多。所幸，必要时通过拼音的帮助，我也建议您大声朗读出这些诗来。毕竟这些诗本来就是歌曲，有的是有乐器伴奏来演唱的，有的没有，只不过到今天音乐已经失传了。即使不会汉语的人听到这些词也会得到欣赏中国诗歌的更完整的体验。

汉语拼音

汉语拼音是一种将普通话用拉丁字母来拼写的方案，[②]1958

[①] 在一些诗中，我所给的是已经被《诗经》研究专家确认的早期发音。比如"氓"，发音为 méng；"解"发音为 xiè，"倭"发音为 wěi，"稽"发音为 qí，"大"发音为 tài，而不是 máng, jiě, wō, jī, dà。

[②] 更多讨论中文书写与字母书写的文章，可以参看 Wang, William S-Y. & Yaching Tsai, "The alphabet and the sinogram: Setting the stage for a look across orthographies", *Dyslexia Across Languages: Orthography and the Brain-Gene-Behavior Link*, ed. by P. McCardle, B.Miller, J.R. Lee& O.Tzeng, 1-16:Brookes Publishing, 2011。关于中国历史上的读写能力调查，可参见 Wang, Feng, Yaching Tsai &W. S-Y. Wang, "Chinese literacy", *The Cambridge Handbook of Literacy*, ed. by D.Olson & N.Torrance, 386-417. Cambridge University Press, 2009。

年在北京得到官方承认。在此之前曾有几种拼写方案,其中使用最广泛的是注音符号系统。这套系统仍然在台湾地区使用,而拼音系统已经全球通用,所以本书也采用了拼音系统。

我们会简单提示读者发音时需要注意的方面。读者可以选择林燕慧(Lin Yen-Hwei)的《汉语语音》(2007)来全面学习和纠正自己的发音,还有配书的 CD。我们的关注点主要是普通话,同时有些方面也会借助其他方言。按照传统的语音顺序,我们会探讨声调、辅音、元音及音节结构。

汉语是有声调的语言,它不仅像世界上其他语言那样由元音和辅音构成了单词,而且还要加上声调,以独特的音高来区别。其实我们现在还不能确定汉语语音系统中的声调是否自古就有。[①] 在普通话中,数字对应的音调为:1 声为阴平,2 声为阳平,3 声为上声,4 声为去声。其他方言在声调的数目上以及如何用数字标记上可能有所不同。普通话中的声调可以用一些只在音调上有所不同的字表示如下:

1=mā,妈 或者 1=shī 诗

2=má,麻 或者 2=shí 时

3=mǎ,马 或者 3=shǐ 史

[①] 关于汉语声调的历史背景,可参见 Wang, William S-Y. & C. C. Cheng, "Middle Chinese tones in modern dialects", *In Honor of Ilse Lehiste*, ed.by R. Channon & L. Shockey,512-523: Foris Publishers,1987。很可能汉语在汉代已成为一种有完整声调的语言,尽管这些声调直到几个世纪之后才被明确讨论,并且这有可能受到梵文书写的影响。

4=mà，骂 或者 4=shì 市

第一声的标音符号经常会脱落，所以如果一个音节没有标音符号，就表示这个音节是第一声的。① 由于第一声在四声中最常出现，不标出符号看起来会更清爽。然而，如果所有声调的标音符号都去掉，就会造成很大的困惑。比如本书中的"周"是朝代名，"纣"则是商代最后一个国君名。另一种混乱可能会出现在中国的两个省份名上："山西"和"陕西"。简便的解决方法是分别把拼音写成"Shanxi"和"Shaanxi"。②

概言之，汉语拼音的辅音与英语中的音值近似。"g"在"e"前面，发音像英语中的"get"而不似"gem"。英语中的"r"在一个单词前面，发音经常是将嘴唇变圆。而汉语的"r"发音时，仅在像"u"这样的圆唇元音前面才会将嘴唇变圆，像"入"（rù）；否则发音时不需圆唇，比如汉语的"热"（rè）。

在以下的音值中，汉语拼音与英语的区别更大。在拼音字母后面，我会提供最相近的英文对应。汉语拼音字母与英文单词发音相近的部分字母会用下划线标出。

	齿音	腭音	卷舌音
不送气	z = bi<u>ds</u>	j = <u>q</u>in	zh = <u>dr</u>ew

---

① 更准确地说，轻声的音节没有标出读音符号，但可以通过上下文辨认出来。
② 陕西经常特意拼写为 Shaanxi，aa 表示第三声，因此与另外一个省、发音是第一声的山西（Shanxi）区别开来。

送气	c = bi*ts*	q = *ch*in	ch = *tr*ue
擦音	s = *s*ew	x = *sh*in	sh = *sh*rew

前两行叫作塞擦音，送气塞擦音在发音时紧随送气，不送气塞擦音发音时不送气。在齿音一列，拼音中"z"和"c"代表的声音，在英语中并不出现在词首辅音的位置。较好的练习方法是把这些音后面加上另一个词，就像"bids are"和"bits are"，然后再收起"bi"的发音，就像用完脚手架之后再让它"功成身退"。

卷舌音一列对其他汉语非母语者来说，是最不熟悉的，也是最有挑战性的。它们的拼音拼写方式很特殊：连续两个字母用来拼出一个音，就像英语中定冠词"the"里面的"th"那样。这些被称作"卷舌音"，是因为发音时舌尖要稍微向上倾斜。如果去看发音时口腔的 X 光照片，就可以看到"卷舌"。我们将会在接下来的文本中经常看到它们的身影。比如普通话中"商代"和"周代"的名字就都是以卷舌音开始的。

表格里英文单词中的辅音与汉语拼音在声学效果上是类似的，但它们的发音只是接近中文卷舌音。有些读者可能觉得卷舌音会带来很大的困扰，实际上许多方言区的中国人说普通话时也不会用卷舌音，而是发齿音来代替。

将汉语拼音中的元音与意大利语、西班牙语这样拼读更简单、更有规律的欧洲语言相比较是有用的。但英语要复杂得多，每个元音字母在不同的单词中有几个不同的发音。比如说，"five"和"fifth"中的"i"；或者是"me"和"met"中的"e"。读者唯一可能觉得有些挑战性的汉语元音就是"i"。关于这个元音，让我们回到前一个表格中遇到的辅音，现在将它们与"i"相拼。

	齿音	腭音	卷舌音
不送气	zi = 字	ji = 记	zhi = 志
送气	ci = 次	qi = 气	chi = 翅
擦音	si = 四	xi = 细	shi = 市

对于腭音这一列，应该没有问题：拼音"ji"就像英语的"gee"，拼音"qi"就像英语的"chee"，拼音"xi"就像英语的"she"，都是降调的。但是在齿音一列中，"i"发舌尖元音，不熟悉汉语的读者很少碰见这个音。这个音可以描写为延续前一个发音而不产生摩擦。卷舌音后加"i"的发音方法也可以这样来描写，不过要加上带"r"的翘舌音。

当然，即使大量阅读关于发音的论文也没法代替亲耳去听母语者发音的样例。无论如何，眼睛永远没法代替耳朵。我就选取了以上9个单词来描绘发音，特别是其中的舌尖元音和卷舌音。

似乎是为了弥补声调、卷舌音、舌尖元音的繁复，现代汉语中的音节结构则非常优雅、简洁。一个音节最多以一个辅音开头，有的有滑音，有的则没有，一个音节最多以一个辅音结束。在拼音系统中，滑音是以"w"或"y"开头的音节。然而，当滑音之前有一个辅音时，应该写作"u"或"i"。

结尾没有辅音的音节叫作"开音节"，结尾有辅音的音节叫作"闭音节"。下面的表格里列出了全部可能的八种情况，每一种都举了例子，这些音节的声调都是第一声。这八种类型可以概括总结为一种简单的形式，比如（C）(G) V (C)，C意为辅音，G是滑音，V是元音，圆括号表示可有可无的元素。①

	开音节				闭音节		
1	V	a	阿	5	VC	an	安
2	GV	wa	蛙	6	GVC	wan	弯
3	CV	ha	哈	7	CVC	han	憨
4	CGV	hua	花	8	CGVC	huan	欢

关于音节的边界，某些排列的辅音和元音可能会出现歧义。这种情况下我们要使用一个隔音符号来代表音节的边界。比如说，当我们写到陕西省的著名城市——西安的时候，我们

---

① 在这个表格中，V代表了元音的核心部分，包括了简单元音与复合元音。

写作"Xi'an"。没有隔音符号的话，就成了"Xian"，可能意思是"县"。西安在唐代是首都，叫作长安"Chang'an"，意为长治久安，长久的和平、安宁。如果没有隔音符号来标记两个音节的界限，这样排列也可能代表了"chan"（禅）和"gan"（干）"两个音节。

最后总结一下汉语音节。正如之前所提到的，语言可以从三个方面进行讨论，即语音、字形和语义。音节是语音的一个单元，但在中文里总是与汉字（英文称 Chinese character 或 sinogram）的部分有关。相应地，汉字总是与字义的组成单元——语素有关。因此在汉语中有一个简单的等式，将语音、字形和语义联系在一起：

音节 = 汉字 = 语素 [①]

这样的等式可能无法适用于英语这类字母语言。英语语言中字形的组成单元是单词，其中可能包括两个或更多音节，也包括两个或更多语素。汉语里，词不是像英语中以空格来区分的。这里举个例子来说明，以下中文句子有四个音节、四个汉字、四个语素。这三者的联系显而易见。然而，相应的同义英语句子包含四个音节，第一个音节包含两个语素，第二个和第三个音节包含了第三个语素，第四个音节代表了第四个语素。彼此的关系更为复杂。

[①] 这里也有一些例外，比如葡萄、玻璃、蟋蟀等。

中文：Ta de zhu shou 他的助手
英文：Hi-s assist-ant

回到我之前的建议：当你在读本书中这些诗的时候，借助拼音大声拼读出来。这并非为了追求语音上的准确。事实上不同方言背景的人在说普通话的时候，发音也不尽相同。更没有人确切地知道3000年前的发音如何。在这种情况之下，押韵在普通话中依然可以体现。它们将语流分为简洁清晰的结构，以便听来更悦耳，也便于大脑能记住。

进一步说，法国人或意大利人用特殊的外国口音说英语也有某种魅力，某种程度上我们用普通话说出来古汉语也是这样的。关键在于我们讨论中国古代世界的时候，增加这些诗歌的乐趣，丰富读者的体验。

汉字、繁体字与简化字

字母拼写是16世纪以后才传入中国的，而最新版的拼写系统就是汉语拼音。自古以来使用的且会继续在中国使用的字形是以汉字为基础的。今天可见最早的汉字可以追溯到3000多年前。我们将会讨论的一个刻在甲骨上的例子，主要与妇好分娩有关。鉴于这些样例的成熟性，我们几乎可以确定，最早的文字可以说是比3000年要久远得多。或许那些最古老的文字还埋藏在深深的地下，等待在未来的发掘中出现。周膺《良渚文化与中国文明的起源》（2010）讨论过最近在良渚考古遗址（见图2）发现的一些有争议的例子。

最初的汉字本质上可能都是象形的。因为它们的字形暗示了这个字所代表的物体的某些物理性质。像"羊"代表了羊头的形状；"木"模拟一棵树的树枝，"门"（門）代表了一扇门两边的形状。还有一个例子是3000多年前写下来的代表老虎的"🐅"，就是现代汉语中"虎"字的原形。

还有一个非常有趣的象形字"且"，是一种生殖崇拜的象征，体现了人们很早就意识到了男性在生殖过程中的重要作用，也是人意识到了母子关系之外还有父子关系。①这个字的出现可能与中国古代从母系社会到父系社会的转变有关。

不久，这些简单的汉字叠加起来成为更复杂的字。像把两棵或者三棵树放在一起成了"林""森"，意为"森林"，或者是把代表太阳的"日"和代表月亮的"月"放在一起，成为"明"，意为"光明"。上述"且"字与另外一个"示"字放在一起，代表与鬼神祭祀有关，这个复杂的字是"祖"，意为"祖先"，是中国文化中的核心概念。在"祖"左边的"礻"是"示"字的简写。这种简写在独体字复合成为合体字的时候经

---

① 古代的历史记载经常提到孩子只知道母亲却不认识父亲，"知母而不知父"，这是一种原始生态环境的自然结果。凌纯声是一位研究古代中国各种形式崇拜的专家，著有《中国古代神主与阴阳性器崇拜》（1959），可参考阅读。

常发生。

然而，在造字过程中应用最广泛的原则是一个部件体现字义，其他部件体现字音。像是"材"字，左边是前文说过的，与"树木"或者"木头"有关，这里就给出了近似的感觉，这个字指的是制造某些物件的原材料。右边部分的"才"，是另外一个字，字音为"cái"。因此，这个复合字发音也是"cái"。这样的字叫作形声字（phonograms）。[①] 合体字中，能给出这个字近似意思的部分叫作部首。尽管部首经常出现在左边，像"祖""材"，但也可能出现在其他位置，比如"鸽"，"鸟"作为部首放在了右边；比如说"桌"，"木"作为部首放在了下面；比如说"岗"，"山"作为部首放在了上面。

几千年来，中国文化不断演化发展，汉字的数量不断增多，大型字典中列出的汉字超过50000个，有一些字形极其复杂，包含的笔画很多。没有人认识所有的字，更不用说在日常生活中使用所有的字了。日常生活中使用的字，能满足读报纸什么的，需要3000—4000个字。

历史上有过几次官方介入汉字系统化的记载，包括规范汉字的使用或重新设计其中的一些。较早的一次出现在中国的第一个封建王朝——秦。秦国征服了其他的国家，统一中国。最

[①] 传统上独体字叫作"文"，合体字叫作"字"。唐代的贾公彦把形声字依右左下上内外分为六类：江河，鸠鸽，草藻，婆娑，圃国（國），闻问。

近的一次是中国在 20 世纪 50 年代进行的书写标准化，在官方推行汉语拼音的同时，引入了最早的一批简化字。

这导致了两个系统的汉字出现：传统的叫作繁体字，而简化后的叫作简体字。中国大陆和新加坡采用的是简体字，而其他地区，如香港、澳门、台湾地区，继续使用繁体字。本书主要使用简体字。日本使用的汉字（Kanji）是经过某些部分的改造的，有些甚至也有上千年的历史了。

日语的许多常用汉字与简体字或繁体字都是相同的，下表中第一行可见。也有三者都不同的情况，如下表第二行。第三行，日语汉字与繁体字相同。而第四行，日语汉字与简体字相同。这四种情况都可能发生。当然了，中国与日本的读者可以阅读任意这三种系统汉字所写的文章，只是读起来难易程度不同。

日语汉字	繁体字	简体字	含义
母	母	母	母亲
読	讀	读	阅读
車	車	车	交通工具
体	體	体	身体

以下表格描绘了简体字与繁体字的差异，可以分为三类。我们可以通过比较左边的两列，发现许多高频使用的汉字并没

有受到影响。它们在两种系统中都是相同的。在第二类，表格的中间部分，这些汉字简化了很多。比如第一个字"滅"有十三画，简化为"灭"，只有五画。这些字减少的笔画数量是最多的。

繁体字与简化字					
繁体	简体	繁体	简体	繁体	简体
十	十	滅	灭	詳	详
土	土	龍	龙	讀	读
水	水	夢	梦	銀	银
我	我	廣	广	鐵	铁
的	的	護	护	紅	红
家	家	農	农	線	线
金	金	葉	叶	財	财
笑	笑	塵	尘	賬	账

如表格中最后两列，受到第三类影响的汉字数量是最多的。这是因为简化了部首。每一个简化后的部首可以影响许多包含这些部首的汉字。从很早开始，汉字就有大量包含了部首的形声字。比如第三类最上面一行的部首"言"在"詳"中，本来有七画，但是在简化后的"详"中只有两画，省去了五画。这种情况应用于所有包含"言"这个部首的字。

这种概括也存在个别的例外。比如表格的第五行。在这里,"護"意为保护,原本的部首是"言",被简化为"护",给这个字添上了部首"手"("扌"从"手"而来),又加上了表示语音的"户",发音是hù,使得这个字变成了一个新的形声字。为了让这里的讨论更加完整,也要指出最右边一列偶数行的汉字,其右边的组成部分也被简化了。

现在说说字义方面。由于诗歌是声音与意义的结合,我们也会涉及一些对诗歌意义的思考。自从1594年利玛窦(Matteo Ricci)开始将中国古代作品翻译为拉丁文,几百年来一直有欧洲学者不断进行类似的尝试。为了提供《诗经》的英文翻译,笔者查阅了许多作品,尤其是威利(1937)、高本汉(1950)、余冠英(1977)、许渊冲、姜胜章(1993)的作品。他们对这些诗歌的翻译经常会出现很大的差异,我不得不在这些权威译本中选择一个来解除我脑海中的迷惑。即便有关《诗经》的文献已经非常丰富,但仍有许多问题学者们没能达成一致意见,只是因为我们至今对古代中国的了解还是远远不够的。

与之前的工作相比,我只会提供这些诗少到不能再少的英文翻译。每一行都有翻译,可以使得不同语言之间对应的联系更清楚。这样简约的尝试有很多原因。其中至少是与语言的差异有关。[1]英语语法需要一种更加复杂的语法上的基础结构,

---

[1] 中国语法的一部经典著作是由赵元任撰写的《汉语口语语法》(1968)。

如冠词、时态、数、性等。汉语语法很少有这类结构。为了把原文译为顺口的英语，翻译者有时需要提供原文中没有的信息，像作者是男还是女。这些是我在本书中尽可能避免的。

另外一个原因是，这种大纲式的翻译所造成的陌生感，可能会比现代英语更好地体现中国古代的感觉。无论如何，这些声音是由3000多年前黄河之滨的人们发出的，他们来自一个截然不同的世界。翻译提供的细节越少，读者发挥想象力的空间就越大。通常比起看场电影，我们更享受读一本书，因为我们个人的想象力可以更加有效地填补其中的细节。

第一章

神奇的入口

想象一下眼前出现一个神奇的入口，入口的另一端正是3000年前的中国。而我们可以经由这个入口回到过去。这个"过去"不是残破的庙宇中冰冷的石头，也不是那些缄默的头骨或者是被考古学家的铲子挖出的骨头（这些当然是很有价值的）。通过这个入口，我们能探索古代中国，我们能聆听不同民族的声音，我们可以看到从普通民众到王公贵族的生活。这个世界在佛陀出现之前几百年或耶稣降临前的一千年已经存在。

这些声音以"风""雅""颂"的形式保存在一本叫作《诗经》的选集中。① 这本并不是很厚的书讲着这些声音背后的故事。讲故事在所有文化中都是最受欢迎的艺术形式。讲故事者和听故事者都会因此而快乐。图1是一个考古发现：说书人以鼓声伴着自己的讲述，手舞足蹈。他脸上纯粹的快乐神情是永恒的。

严格来说，"中国"那时尚未诞生。"China"（中国）这个词来自秦始皇嬴政在公元前221年建立的秦朝。在"Sinitic"（中国的）或者"Sino-Tibetan"（汉藏语系的）中的词根"Sin-"也是同源的。秦朝统一之前，有许多王国、部落、氏族。许多聚居在黄河所滋养的平原上，零零散散。3000多年前同纬度地区的温度要比现在高，地面景观也有更多的绿

---

① 根据中国大陆的用法，拼写系统是汉语拼音。字则以简体字的形式写出。

图 1　击鼓说唱陶俑

说书人以鼓伴着自己的讲述,手舞足蹈。他脸上纯粹的快乐神情是永恒的。

色,有不同的动植物,大象①、老虎和犀牛漫步其间。我们很快会在诗中找到老虎和犀牛②以及犀牛角做成的杯子。埃尔文(Elvin)在《大象的撤退:中国的环境史》(*The Retreat of the Elephants: An Environmental History of China*)中分析了早期中国的气候。李辉与金力(2008)则从基因的角度讨论了民族的起源。

图 2 呈现出了中国古代中原地区景观图。③ 大体而言,中

---

① "河南"的简称是"豫",可能暗示了那时河南省是有大象的。
② 比如诗《何草不黄》。
③ 尽管本书采用简体字,但本章图 2 和第二章图 3 中的文字以传统繁体字的形式给出。关于繁体字与简体字的区别,参见上一章关于汉字、繁体字与简化字的讨论。比如,在这两幅图的约六点钟方向,有个"漢"字,标出了汉水向东南流入长江,对应的简体字是"汉"。

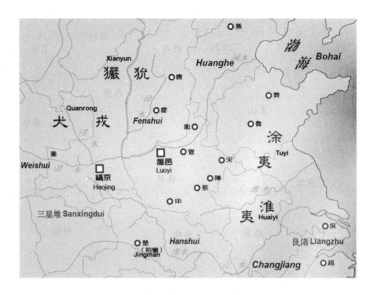

图 2　古代中国中原地区

两条大河——黄河与长江为中原地区供给水源，是早期中国文明主要的生命源泉。

原是自给自足的，东到大海，西部多高山，北部有沙漠，南部多丛林。① 我们的故事发生在约 3000 年以前，中原地区主要的生活方式是农业，北方种小麦，南方种水稻。中原地区的人民与他们的邻居们生活方式完全不同，尤其是北方及西北的邻居——游牧民族。两种生活方式之间的张力是在中国远古历史中不断重复的主题。卡洛琳·布伦登（Caroline Blunden）与埃尔文所著的《中国文化地图》（*Cultural Atlas of China*）的相

---

① 中原是很大的区域，这个区域中包括了各种地形。

关研究既容易找到又易于理解，可以作为参考。

让我们首先看看地图上的河流，水是生命之源，河流为生活在这里的人们提供了水源。黄河发源于青海的高原。它呈"几"字形，像是一顶高帽子。帽子的顶部盘旋在北纬42°地区，接着很快向南急转弯。它向南的部分被作为中国两省的边界。陕西在它的西边，山西在它的东边。沿着它向南的路程中，汾水与之汇流，再往南，又有渭水加入。在连接处沿着另一个锐角向东，这次分开了山西与河南。它的北边是山西省，南边是河南省。黄河，古汉语中称"河"，从这里向东南进发，最终注入渤海。

另一条大河是长江，经常用"江"来表示。现代时期，它的每一段有不同的名字，如金沙江、扬子江（后者英文为Yangtze）。长江发源于遥远的西部，向南流。但在云南省，它被高大的花岗岩挡住了，只好向东转。从那儿之后，它缓缓向东流淌，约在北纬30°地区盘旋，流过中国辽阔的大地，注入东海。在武汉附近，另一条支流汉江（或称汉水）也汇入干流。

尽管还有其他许多水系，但长江和黄河（或称"江""河"）对中国文明有着特殊的意义。它们提供的水源是不可或缺的，它们也是通信与交通的主动脉。

图2显示了一些鲜为人知的部落，他们往往是以外来者、敌人或野蛮人的形象出现在历史上的。在图2的西北，

黄河向北流过猃狁和犬戎①的领土。南边，长江流过荆蛮的领土。在东部我们看到涂夷与淮夷两个部落。这些名字中"戎""蛮""夷"是古代历史学家定义西部、南部、东部邻近部落属性的标签。图2中没有显示出的类似属性标签还有"狄"，一般指北部的部落。商周人民认为自己处于中心，因而有"中国"之称。

古代中国对待邻居的态度可以从他们指称邻居时使用的汉字来体现。比如，写"狄"字，左边是"犭"，意思是狗。②写"蛮"字，下边是"虫"，代表了昆虫类。"戎"与"夷"看起来似乎好一些，实际上这些字由意为"武器"的部分组成。分别是"戈"和"弓"。③另一个经常被提到的邻近民族是"羌"。这个字的上半部分是"羊"。这些部落名一直到20世纪才被换成了较少歧视色彩的字。

这里有一段儒家传统"五经"之一《礼记》中的话，反映了中原人对待邻居各种不甚友好的态度④：

东方曰夷，被发文皮，有不火食者矣。南方曰蛮，雕题交

---

① 专家对于猃狁和犬戎是否为一个部落尚有异议。
② 有些字用来构成其他更复杂的字时会变形为更简略的形式，如"犬"变为"犭"，是"狄"字的左边。
③ 将"夷"的部分认定为"弓"的原因可能是与后来的字体发展有关，我要感谢高岛谦一的提示。
④ 根据 Poo, Mu-chou, *Enemies of Civilization: Attitudes toward Foreigners in Ancient Mesopotamia, Egypt, and China*, State University of New York Press. 2005:65.

趾，有不火食者矣。西方曰戎，被发衣皮，有不粒食者矣。北方曰狄，衣羽毛穴居，有不粒食者矣。(《礼记·王制》)

图 2 中显示了两个著名的考古遗址：良渚文化与三星堆。二者的遗留物揭示了高度发达的古代文明，今天仍可以在博物馆里见到。良渚文化留下了精加工的用于葬礼的玉、丝绸、象牙、漆器等手工制品。它们的时间可以上溯至公元前 5500 年到前 4000 年。这些物品在东海岸分布广泛，从南方的太湖一直到北边的山东。

图 2 中的另一个考古遗址是三星堆，与中国西南的历史名城成都距离不远。4000 年前，它与中原地区最早的朝代处于同一时期，可能二者有过有限的互动。三星堆国际展览已经使全世界的参观者震撼不已。其中，令人印象深刻的铜像有些超过 2.6 米高。同样著名的是其中的面具，一些有着非常夸张的面部特征，包括鹰钩鼻、横向拉伸的耳朵、像触角一样外凸的眼睛。

实际上，公元前 2000 年末，中国就出现了一些拥有炼铜技术的部落。除了三星堆，还有渭河峡谷的周原、山西中西部的石楼、山东的苏阜屯、湖南的宁乡、江西的新干等。本书关注的是河南安阳遗址，那里的人民以甲骨文的形式留下了大量历史传说。

有了 3000 多年以前的铭刻，中国从神话传说时期的迷雾转向了有记载的历史。将这些铭刻文字中的信息与同时期创作的诗歌结合起来,我们可以拼凑出一幅当世界还很年轻时古代人民如何表达爱情与抵御战争的画卷。这就是我们将要探索的世界。

第二章

牧野之战

古代中国由不同的社会政治结构或政治组织——包括部落、宗族和城邦等——综合拼凑而成。我们可以从清代学者顾祖禹的统计中管窥当时的情况——大禹时代曾有过10000个国。①

"国"的字形很有趣,从"囗(围)"②,字形上像是一个城市起防御作用的城墙。繁体"國"字是一个形声字,内部的"或"是声旁,表示相近的读音。简化字"国"内部的"或"被"玉"取代了,因此也就不再是一个形声字了。这个字为我们展现了一个个用城墙围起来的政权星罗棋布的历史画面。这些政权具有古代城邦的性质。其中一些古代城墙至今仍然存在,今人得以窥见历史的痕迹。

顾祖禹所谓"万国"的"万"当然不能从字面理解其数量,而是告诉我们大禹在大约公元前2100年建立夏朝,与之同时代曾经有很多这样的政权。约公元前1600年商朝由汤建立后,顾祖禹认为政权数量减少到了3000个。这意味着许多小国遭到大国吞并,有的是武力征服,有的是和平收降,结果都是导致更强大、更有力量的政权出现。就像其他古代文明一样,被征服的民族会沦为征服者的奴隶,促进了社会的分层。③

---

① 参见 Chang, Kwang-Chih, *Art, Myth, and Ritual*, Harvard University Press. 1983:25.
② 汉语中有两种方形的部首,一种是小的,如"唱"左边的,从"口",另一种是大的,如"国"的外面,从"囗(围)"。
③ 战争是几种提供奴隶的方式之一,其他的方式还有以囚犯为奴隶等。

随着人口增长及政权之间的联系增加，政权融合的过程愈加频繁。最终，公元前221年，秦始皇完成统一，结束了政权的分裂。周武王于公元前1046年建立周朝时，顾祖禹认为政权数量下降至1800个。当周王室公元前770年东迁洛阳时，还有1200个小国。

公元前475年，战国时代开始，诸侯数量略超过100个，其中14个是大国。最后的融合是由秦统一中原完成的，所有的人都处于同一种社会政治结构下。短命的秦王朝（公元前221—公元前206）大多数的行政政策，为历史上最长久的王朝之一汉朝（公元前206—公元220）所继承。汉朝大约与罗马帝国同时。

生活在同一种社会政治结构下并非意味着文化与语言多样性的消失，尽管官方试图推动均质化。一位汉代官员（王吉）发现了这种多样性，哀叹道："百里不同风，千里不同俗，户异政，人殊服。"[1]（《汉书》卷七十二"王贡两龚鲍传第四十二"）

尽管表面上政权是统一的，但中国从诞生一直延续至今却始终是多个民族与多种地方文化的结合体。翻开史书，展开的

---

[1] 这位官员名叫王吉，在汉宣帝统治时期（公元前73—公元前49），其言论记录在班固的《汉书》中。见 Keightley, David N. "*The Ancestral Landscape: Time, Space, and Community in Late Shang China (ca, 1200-1045 BC)*", China Research Monograph #53, University of California. 2000：122.

是一幅简洁的画卷，各个朝代依次呈现在面前，没有重叠地先后更替。实际上，总是还存在无数具有区域特色的社会政治活动同时进行，每一个都以自己的方式塑造"中国"这个综合体。即使在当今信息化时代，中国内部基因方面的、语言方面的巨大差异仍然存在。

20世纪40年代，我还在上海，是个懵懂的学童。那时候老师教我们的是：中国由5个民族构成，即汉、满、蒙、回、藏。汉族人最多，接着是满族、蒙古族、回族、藏族。现在政府对于人口多样性更加敏感。官方承认56个民族，人数最多的还是汉族。实际上，还有其他很多族群分布在人迹罕至的不同地区。这种多样性在西南地区可见，比如四川、云南。[①] 高速公路网络的发达以及电子化的沟通手段使得许多少数民族语言和文化正在消失。中国的众多文化遗产是来自各个民族的。无论如何，民族多样性的缺失都是令人遗憾的。

回到3000年前的画面，图3中标出许多不同时期活跃在不同地理位置的古代政权。这些政权有着不同等级的政治组织；使用的语言是不同语系的，有时语言互通性[②]非常之低。有些政权会在我们将要讨论的诗中出现。

[①] 可以参看王士元的《语言是云南的文化宝藏》，发表于《科学人》，58—59，2002（10）。
[②] 汉语与藏缅语族都属于汉藏语系。古代中国使用的其他语言属于其他语系，比如南亚语系、南岛语族等。

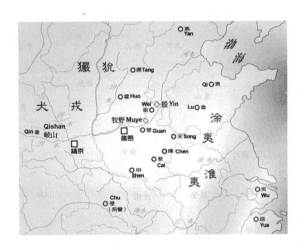

图 3 古代政权地理分布

图 3 中的政权名在中国历史上不断出现。唐和宋既是朝代名也是常见的姓。其实，中国的许多姓氏的历史渊源，都可追溯到那些早期王国的名称。常见的指称某人的方法，是用其故乡来称呼他，这本来就不奇怪。

姓的历史可以追溯到至少 3000 年前。有一本广为流传的书全部由姓氏构成，就是《百家姓》，每句四字。以"赵钱孙李"开始是因为这本书是在宋代（960—1279）编写的，皇帝的姓就是"赵"。汉语中，普通人也可以称为"老百姓"，或许是由这本书而得名。"老"只是一个词头，在一些非正式的称呼中使用，如"老李"。近来调查研究表明，"李"是中国第一大姓，拥有约 8% 的汉族人口。也有可能是因为唐代（618—907）的统治者就姓李。

当然，中国官方登记了许多姓。① 非汉族的人也有多音节的姓。汉族也有一些复姓。这些姓氏每个区域的分布不同，反映出千年来复杂而广阔的迁移历史。② 比如在东南部，"陈"姓而不是"李"姓最多。③ 在大多数民族的传统中，姓都是由父亲传给儿子，就像 Y 染色体的基因只通过父系保存。因此，我们可以很容易地通过一个姓的分布图来了解中国遗传学的大致情况，而不需要分析基因样本。④

西部的秦国在渭水岸边，这里注定要出现一个始皇帝，在公元前 221 年消灭所有的政权，建立第一个帝国。周人统治着这片土地。他们早期的国都就在渭水边，就是图 3 方形标出的镐京。3000 年以前，"京"意为国都。北京是北边的国都，南京是南边的国都。之后周人迁都洛邑，在今洛阳附近。

镐京附近的区域被赋予特别的历史意义，它在古代长期占据着中国首都的位置。在第一个帝国——秦国的时代，国都叫作咸阳。在汉唐时代，咸阳被纳入了一个更大的区域，叫作长安，现名为西安。后来国家政治中心迁到东北部的北京。

---

① 当然人的名字比姓要多，因为名字一般由两个字组成。与基督教名字要从一套区分性别的名字中选择的传统不同，中国用于人名的汉字可以自由选择组合。
② 这些姓的拼写根据地区的发音会有不同。比如徐的拼写有 Xu、Hsu、Tsui、Zee 等。
③ "李"和"陈"这样的姓氏受到喜欢，因为它们意味着"多产"。"李"的意思是"李子"，是一种能生长出许多果实的树；"陈"的意思是"陈列"，暗示了数量很多，二者都意味着繁殖。高岛谦一（私人联系，2012-3-26）
④ 姓和基因的比较可以参见 Mountain, J.L., W.S-Y.Wang, R.F.Du, Y.D.Yuan, L.Cavalli-Sforza.1992. "Congruence of genetic and linguistic evolution in China", *Journal of Chinese Linguistics*, 20.315-331.

图 4　利簋

纪念武王克商的青铜器，1976年陕西出土，今存临潼博物馆。这场战役发生在约公元前1046年。牧野之战发生的地点在图3中有标示。《大明》中会涉及。

商人的故乡在更东边。几次迁都之后，最终盘庚带领商人定都于殷，在今安阳附近。这里正是大量甲骨被发掘的地方，为我们提供了中国历史的源头。约在公元前1046年（学者提出了许多日期，但暂未取得一致意见），周人与商人打了一场历史性的战役。

这场战役发生在黄河边的牧野，图3中以菱形标出来。周武王领导周人大获全胜，打败了商纣王。这场战役记录在一个青铜器上。这个青铜器1976年在周人的故乡陕西被挖掘出来，重见天日。它名叫利簋，形状如图4。内部刻上的铭文及其现代翻译在图5中可以看到。

写在青铜器上的文字叫作"金文"。"金"狭义上是一种贵

图 5　利簋腹内底部铭文及其现代转写
最右边一列的第一个字是"珷",今天分开写作两个字——"武王"。这是金文的例子。

金属,广义上曾是金属的总称,这里指用于书写的媒介。没有古文字学知识的话,大多数古文字都是很难辨认的。有些与现代汉字相似的,细看看还能明白。比如,我们可以认出来从右到左第一列第一个字是一个合体字,就是"珷",现在这个字分开写作"武王"。

第二列的第一个字是"鼎",这个字带有很强的形象性。看到它就能使人联想到它所代表的物体的样子。汉字的书写随时间变化而进化,字形逐渐定型,不再那么形象化了,笔画也从曲线变成了直线。第三列的第一个字是"王",与今天的字形大致相同。但今天,它最底下的一画不再是曲线了。

没人能够确定最初造字时每个字的意义是什么,更何况字形一直变化,字的本义也就愈加难以捉摸。因此通行的语源学只能被看作"就那样"的故事,当然其中也会反映出民俗文化某些有趣的方面。

关于"王"字,流行的语源学解释是三横分别为"天""地""人"。"王"是能够在三个维度中斡旋的人。这种解释与"王"背后的"天命"观念非常吻合。王的统治是根据上天的命令的。① 基于同样的逻辑,国王或帝王又被称作"天子",很明显,是上天赋予他神圣的地位。②

另外,也有人提出"王"字来源于刽子手的斧子,是个象形字。③ 如果"王"的最后一笔像斧子的边缘一样弯曲,那么"王"字形似斧头的说法就更有说服力了。在某些甲骨文里,这个字没有上面的一横,垂直的一画类似三角形,就更像斧头的样子了。我们在后面的图 8 中会看到这样写的"王"字,我们也会见到女英雄妇好的名字。甲骨文中许多字的形体不一,以上只是一个例子。

"鼎"这个字也包括了很有趣的内涵。古代铸造一个青铜

---

① "天命"也用在一般意义中,与英文"命运"(destiny)的意义相近。孔子云:"吾十有五而志于学,三十而立,四十而不惑,五十而知天命,六十而耳顺,七十而从心所欲,不逾矩。"他是说自己到了五十岁,就知道自己的命运了。
② 另一个与"王"有关的象征物是龙,一种神话中的动物,在古代中国比在欧洲传说中更具有亲和力。或许对龙的记忆是古代世界不同地区、不同民族被类似恐龙的动物影响而形成的。龙的象征也扩展到人,20世纪80年代的一首歌曲《龙的传人》使得这个称谓广为传播。
③ 参见 Chang, Kwang-Chih, *Art, Myth, and Ritual*.1983:37,这里参考了林沄的说法。

器需要花费大量的社会资源，尤其是又大又重的礼器。鼎因而成为权力的象征。古代只有天子才能拥有九鼎。在中国计数系统中，"九"为最高。略低等级的贵族能拥有鼎的数量必须小于九。"九鼎"一般指的是皇帝，代表了国家无上的权威。这种表达法在"一言九鼎"中仍然保存着，意思是所说的话有分量以及对所说内容的绝对肯定。"问鼎中原"意为一种想要得到全国的野心。

就像前面的那些字，字的形体会演化，字的意义和用法也会随时间的流逝而变化。起初，"鼎"是象征着皇权与贵族的礼器，而现代社会，"鼎"失去了原来的意义。然而这个字依然活跃在汉语方言中，只是意义已经更"日常"了——用来指厨房中烹饪用的锅。台湾人说的方言中，家用的锅就称为 [diā]①，是"鼎"的闽南话发音。而在中国北方，用一个新词"锅"取代了"鼎"。有趣的是，粤语中的锅发音为 [wok]，已经被收入英文词典，写出来是另一个字——镬。

图 5 中第一列第 5 个和第 6 个字代表了古代中国计时的特殊方法——干支系统。② 这个系统在不少东亚文化中也以各种形式流传。把"甲子"的甲骨文字形与今天的字形对比，我们会发现它们的字形有很大变化。甲子是六十轮回的第一个。60

---

① 元音 a 上附的符号表示用鼻音发声。
② 干支命名系统仍然被用于农历年份，还有一些特殊的日期，比如 1911 年中国出现了使中国走向共和的革命，又称辛亥革命。辛亥指的是 60 年中的第 48 年。

是个合数,在古代两河流域的美索不达米亚也经常出现,正是现代将一个小时分为60分钟、一分钟分为60秒的起源。完整的系统在表格1中列出了。

这个计数系统根据两个序列①,即干和支,或者说天干和地支两者。有十"天干",从甲开始,甲、乙、丙、丁、戊、己、庚、辛、壬、癸。

有十二个"地支",以子开始,子、丑、寅、卯、辰、巳、午、未、申、酉、戌、亥。十二地支与十二种动物——鼠、牛、虎、兔、龙、蛇、马、羊、猴、鸡、狗、猪——联系起来。一般来说,这种联系汉代就有了,最近的研究则追溯到汉代以前。这十二种动物叫作生肖。一个人要是出生在特定的某一年,就有那一年对应的属相。②这让人联想到西方的十二星座。因此,如果1974年地支属寅,那么这一年是虎年。出生于这一年的人,就是属虎的。

根据完整的系统,干支第一个循环以天干和地支的第一个元素结合,形成第一组"甲子";第二个循环以天干和地支的第二个元素结合,形成第二组"乙丑";第三组则是丙寅;等等。

通过这个方式,偶数号元素只和偶数号元素结合,奇数号元素只和奇数号元素结合。因此,整个系统由60个不同组合

---

① 干支术语的起源学界尚没有一致意见;一个有意思的理论是蒲立本(1991)提出的,认为它们起源于标音符号,表示音值。至今这种说法没有得到学者的一致认可。
② 严格地说,计算应该用农历,与西方格列高利历在系统化方面是不同的。

表格1 天干地支

	1	2	3	4	5	6	7	8	9	10
0	甲子 jiazi	乙丑 yichou	丙寅 bingyin	丁卯 dingmao	戊辰 wuchen	己巳 jisi	庚午 gengwu	辛未 xinwei	壬申 renshen	癸酉 guiyou
1	甲戌 jiaxu	乙亥 yihai	丙子 bingzi	丁丑 dingchou	戊寅 wuyin	己卯 jimao	庚辰 gengchen	辛巳 xinsi	壬午 renwu	癸未 guiwei
2	甲申 jiashen	乙酉 yiyou	丙戌 bingxu	丁亥 dinghai	戊子 wuzi	己丑 jichou	庚寅 gengyin	辛卯 xinmao	壬辰 renchen	癸巳 guisi
3	甲午 jiawu	乙未 yiwei	丙申 bingshen	丁酉 dingyou	戊戌 wuxu	己亥 jihai	庚子 gengzi	辛丑 xinchou	壬寅 renyin	癸卯 guimao
4	甲辰 jiachen	乙巳 yisi	丙午 bingwu	丁未 dingwei	戊申 wushen	己酉 jiyou	庚戌 gengxu	辛亥 xinhai	壬子 renzi	癸丑 guichou
5	甲寅 jiayin	乙卯 yimao	丙辰 bingchen	丁巳 dingsi	戊午 wuwu	己未 jiwei	庚申 gengshen	辛酉 xinyou	壬戌 renxu	癸亥 guihai

构成，然后依次循环。在这些术语中，甲子就代表了数字60。图5的第一列就告诉我们，牧野之战发生在"甲子"这天，即干支系统的第一天。

类似地，我们也能发现第二列的最后两个字是"辛未"。从表格1当中来看，辛未是干支系统中的第八天。这则铭文记录了在第八天周武王用金（或者青铜）奖赏大臣利。"利"为第三列最后一个字，因此这个礼器叫作利簋。簋是在正式场合用来盛放食物的青铜器。

由于时光的流逝，想要了解这则铭文的确切意义已经很难了，但是学者也尽力提供了一些各不相同的译文。[①] 其中一种如下：

> 武王与商人宣战；甲子当天的早晨，他宰杀牲畜衅鼎祭祀，并让人知道他征服了商人。辛未那天，王在阑驻扎营地，把金赏赐给了大臣利来为膻公铸造这个祭祀的宝器。

牧野之战在诗篇《大明》中也有记载。下面是这首诗的最后两个诗节：

---

① 利簋铭文的不同翻译在夏含夷的文章中有具体的讨论。Shaughnessy, Edward L. *Sources of Western Zhou History: Inscribed Bronze Vessels*（西周史料：铜器铭文），University of California Press, 1991, 87-105. 这里我主要使用夏含夷的翻译。高岛谦一后来给出了一种不同的翻译，见"Some problematic aspects of the Li Kuei inscriptions", in *Ancient Chinese and Southeast Asian Bronze Age Cultures*. Ed. by F. David Bulbeck. Taipei: SMC Publishing, Inc,1996-1997, 345-390.

殷商之旅，其会如林。
矢于牧野，维予侯兴。
上帝临女，无贰尔心。

牧野洋洋，檀车煌煌。
驷䭴彭彭，维师尚父，
时维鹰扬。
凉彼武王，肆伐大商，
会朝清明。

商代是我们目前能够找到的最早的、有书写记录的时代。这些文字记录可追溯到牧野之战前两个世纪，距今约3200年。几乎可以确认，中国人在这些记录之前就已经有了文字，虽然在这点上目前还没有决定性的证据。不过这些中文书写记录不是世界上最早的。埃及象形文字和苏美尔楔形文字都比中文早，但它们在今天已不再使用了。只有中文是独特的，因为在所有当今使用的书写系统中，中文的历史是最长的，而且是连续不断的。

伟大的科学家伽利略说过，文字从诞生后，就是人类史上最伟大的发明。是的，这么说非常公平，人类带来了语言，我们的文明又带来了书写。伽利略在17世纪只能了解到字母文字的价值，正如下文热情洋溢的表述：[1]

---

[1] 伽利略·伽利雷：《关于两种世界体系的对话》，1632。

但在所有惊人的发明中，有什么比得上人类高明的头脑，让人类想出如何将他最秘密的思想穿越遥远的时间和空间与他人交流呢？而且在纸上，仅仅用20个标志（字母）的不同排列，就能轻易地沟通他的想法？

伽利略在他那个时代没法知道还有其他的方式能将文字写下来，也不知道由于多种原因不同文化会倾向于用不同的方式书写。除了字母文字，还有音节文字，比如日本的假名，每一个基本的字符代表一个完整的音节，这些音节是不能再分为组成音节的元音及辅音的。

汉语书写的基本符号是汉字，"汉"为中国第一个伟大的朝代，我们将会多次遇到它。英文中，汉字叫"中国字"（Chinese character）或者更好的术语为"汉字"（sinogram）。使用至今的汉字数以千万计，而不只是数十个字母或音节字符。汉字有许多种，其中最多的是结构上的形声字，字的一部分表意，一部分表音。

还有一种汉字非常形象化（即象形字），它们是根据所要表达的概念或物体的物理性质来设计的。简单的有"羊"，像是一只带羊角的羊头的形状。"羊"成为"洋"字的右半边组成部分，"洋"左半边的三笔则是从"水"变化而来的。因此，"洋"字是一个形声字，它左边部分表示语义（或为部首），带有水的意思，是形旁；右边部分表示语音，是声旁。在这个例子中，意符位于整个汉字的左边。汉字这种左右结构是非常常见的。表意的部首也可以放在右边、上边或下边，或者可以包围声旁，或者在声旁之内。

字母文字和音节文字在引领读者直接拼读出单词时有很明显的优点。但是汉字与它们不同。汉字更为形象化，其复杂性使得读者可以立即体会到汉字所展示的两种不同信息——语音及语义。由于读者的目标是获得语义上的信息，所以这种伽利略没能看到的复合文字形式也有自己的优点。不同书写方式如何在大脑中进行加工，人们近来才开始对此进行更深入的研究。

回到商代，这些在约3200年之前被刻在龟甲或兽骨上、用来记录占卜结果的铭文就是所谓的甲骨文。"甲"意思是乌龟的甲壳，尤其是乌龟下半部分的胸甲；"骨"意思是骨头，多为牛的肩胛骨。

19世纪末甲骨文的发现是一个非常吸引人的故事，古文字学家们经常谈到。[①] 这些骨头和龟甲在1899年一位学者发现其科学价值并开始收集之前，一直长眠于地下。在此之前，也有农民在农田里偶然挖出来甲骨，把它们作为刻字的"龙骨"卖给中药铺。作为一种传统的中药，龙骨通常会被磨成粉末。我们已无法知晓有多少人类文明的无价之宝就这样永远地消

---

① 更早的英文版本有 Creel, Herrlee G., *The Birth of China*, London,1936.

失了。

　　直到 1928 年，学者们在河南安阳才开始系统性地挖掘甲骨。安阳是商代最后的国都。在那里，大批的甲骨被重新挖掘出来，为我们了解商代生活开启了一扇重要的窗户。[①] 接下来的一次甲骨文主要发现是 1972 年在小屯地区南部，以及 1977 年在周人东迁征服商人建立周代之前的基地——陕西岐山。

　　安阳和岐山的考古发掘为我们研究古代两个敌对民族以及二者的比较提供了宝贵的资源。尤其迷人的是，尽管安阳与岐山是相距遥远的，但两地出土的甲骨文在内容以及使用的文字两方面都非常相像。

　　我们现在还不知道商人和周人当时说的语言到底是什么样的。然而两处出土的甲骨文的相似性却说明了至少当时从事占卜的巫师中已形成了某种跨国界的网络，而不再局限于一个地域。[②] 这样看来，甲骨文可以与其他神圣的、用于宗教目的的文字相比较，超越时间与空间的限制。

　　目前约有 13 万片有字甲骨存于各种收藏中。[③] 新的甲骨也不断被发现。但在如此之多的有字甲骨中，古文字专家只能辨

[①] 甲骨文研究杰出的学者有：罗振玉、郭沫若、董作宾和王国维。四人常常以"四堂"代称，因为他们的雅号为罗雪堂、郭鼎堂、董彦堂、王观堂。
[②] 我非常感谢何大安关于这个问题的讨论，他为我澄清了许多方面的疑惑。
[③] 根据高岛谦一的说法："有字甲骨的数量逐渐增加到约 13 万片，估计共有 100 万片，包括 4000 个不同的、独立的……据估计，1000—4000 个不同的字已经被释读出来。而这些字到汉代乃至以后还在使用。尽管带有已知文字的甲骨文的鉴定是阅读甲骨文的第一步，但不一定能解开密码。"

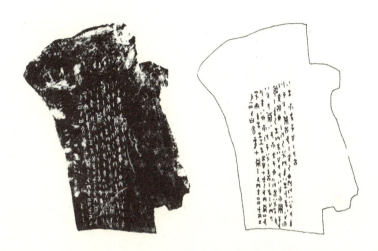

图 6　商代甲骨文六十干支表

一种在古代中国使用的超过 3000 年的历法计数系统。甲骨文的例子。

认出 1500 多个字。其中有一个很大的困难横亘在甲骨文的识读中，那就是很少有完好无损的甲骨，大部分都是从大片甲骨上断裂的残片。古文字学家面对的情况好比坐拥满满一仓库的拼图碎片，可惜都混成了一团。

在这个难以攻克的领域，研究还在继续，只是进展不可避免地要慢一些。除非新突破出现才能打破僵局。相当令人欣慰的是，甲骨文的学术成就能够提供直接的证据来证实许多 3000 年前的人物和事件，也挑战了之前仅在文本中提到的人物与事件的可靠性。

图 6 是 3000 多年前一块有字肩胛骨，一个世纪之前才被挖掘出来。它在郭沫若总编、胡厚宣汇集的《甲骨文合集》中

编号#24440。这片甲骨在文中之所以非常有意义，是因为它与表格1几乎完全吻合。它是商代甲骨文六十干支表，在地下保存了3000多年。

图6的左边是原来有字甲骨的复制品。右边用白底儿黑字呈现出文字，方便易读。中国早期的书写中，每一列可以从右边开始，也可以从左边开始。在这，是从左边开始然后到右边的。这片甲骨的第一列第一个字是左边最上面的，这个字的现代写法是"月"，这里意为月份。

图6也呈现了最左一列和最右一列转写成现代汉字之后的内容。"月"下面的字是"一"。只有水平的一画，原文和转写都是一样的。这里，"月一"意为"第一个月"。"一"下面的字是一个独体字，上面一个方形，下面像朵花一样。这两部分分开的距离比较大，给人感觉像是两个字，实际上今天合在一起是"正"。这里不再进行更加具体的分析，我们可以将前六个字的意思大致翻译为："在第一个月我们吃小麦。"

图6最左一列的第7个字是十字形的，就是"甲"字。我们在图5利簋铭文中见到的最右边一列的第5个字也是它。图6最左一列的第8个字与图5利簋内腹的最右一列第6个字也是类似的。这里图6的文字是甲骨文，而图5利簋内腹的文字则是金文。图6是从左向右的顺序阅读，而图5则是从右向左的顺序。

我们在表格1已经见过了，甲子是干支系统中的第一个组合。从图6来看，符合标准的组合有乙酉、丙寅、丁卯、戊辰。下一组"己巳"则被漏掉了，"巳"被挤到了右边的下一列，因此纪年铭文是一列一列来看的。最后一列也在图6中有转写。最后一列以"己未"开始，是表格1中的第56个。但还不清楚为什么这片甲骨没有包含最后一组，即第60组。我们还能看到天干系统的最后一个"癸"，而地支系统的最后一个"亥"却没有了。

第三章

两位战士：妇好与召虎

图 7　妇好墓中的玉饰

古代玉器是非常珍贵的。妇好墓中发现的玉饰有 11.3 厘米高。底部是云纹，中部是一只鸟，上部是一条龙。鸟喙与龙张开的嘴都朝向右侧。玉饰保存在中国社会科学院考古研究所。

牧野之战中被打败的纣王有个杰出的祖先叫武丁。[①] 武丁的王后名叫妇好。她曾带兵为商人作战，是位伟大的女性。1976 年她的坟墓在安阳被发掘，是中国考古学最令人振奋的突破之一。在她的墓中，还有许多无价之宝，可以帮助我们理解她那时候的中国——3000 多年前的商代。这些珍宝中有一件特别的玉饰，图 7 中可以看到。

---

① 《孟子·公孙丑上》："由汤至于武丁，贤圣之君六七作，天下归殷久矣，久则难变也。武丁朝诸侯，有天下，犹运之掌也。"

古代玉器是非常珍贵的。许多人相信玉有神奇的力量,玉器可以保护身体健康,还可以辟邪。妇好墓中发现的玉饰有11.3厘米高。底部是云纹,中部是一只鸟,上部是一条龙。鸟喙与龙张开的嘴都朝向右侧。或许这三者特别的组合对商人有着文化意义,我们却难以理解。① 这件玉饰保存在中国社会科学院考古研究所。

比过去这些沉默的物件更有启发性的是考古学家发现的文字记录,特别是甲骨文。

图 8 是一片乌龟的胸甲,上面刻着妇好分娩的记录。吉德炜(David N.Keightley)在《商代史料——中国青铜时代的甲骨》(*Sources of Shang History: The Orale-Bone Inscriptions of Bronze Age China*,1978)中清晰地描述了占卜的复杂过程,包括刻字、烧制龟甲、解读裂纹等。图 8a 显示的是甲骨的拓片,图 8b 则是转换为现代书写方式的文字。

阅读甲骨文和金文需要大量古文字学的研究,这二者有相似之处。因为金文是由甲骨文发展而来的,甲骨文时间上比现在我们发现的商周铭文还要早一些。② 在图 8b 现代解读的帮助下,我们至少可以探索这则铭文中的几个字。首先,让我们

---

① 读者如果愿意继续关注考古学的发现,可以参考苏秉琦的《考古学文化论集》(1987—1997),北京:文物出版社。
② 金文只有在青铜技术出现后才有可能出现。甲骨文有地域性的差别,高岛谦一讨论过的,见 "Etymology and paleography of the Yellow River He", *Journal of Chinese Linguistics*, 40 (2012): 269-306.

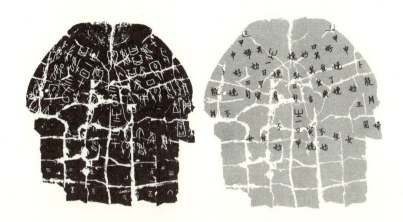

图 8a. 关于妇好分娩的甲骨　　图 8b. 关于妇好分娩甲骨文的现代转写

图片来自吉德炜《商代史料——中国青铜时代的甲骨》的图 12。妇好是商代武丁的王后，她的墓 1976 年在安阳被发现。她是位了不起的女性，曾经带过兵。商人广泛地使用甲骨占卜。现在我们看到的是从原始龟甲上得来的拓片。翻译成现代文字之后，这部分是关于妇好分娩的内容。《甲骨文合集·丙编》#247 甲骨，可追溯至甲骨文的第一期。

来看看甲骨的右下方所刻的字。它描绘了一个跪着的女子环抱着胳膊，面朝右侧，这就是"女"字。这个字在甲骨的左上方也出现过，作为一个字的左偏旁而不是一个单独的字。右半边的字由上面一个小的方形和下面交叉部分组成，这个字就是"子"。

将这两部分合起来，得到的字是"好"，音调为第三声。当音调为第四声时，意思是"爱好"。这反映了宇宙之间没有什么比母亲对孩子的爱更加深刻。"好"也出现在我们的女主人公"妇好"名字的后一部分。她名字的第一个字"妇"，上面也出现了。我们可以在图 8b 中看到现代转写后为"婦"。"女"代表了其部首,简体字是"妇"。但是,"婦"在甲骨文中只写了右边的"帚"。3000 多年前这个"帚"字的意思还不明确。有几位考古学家提出了自己的推测。① 20 世纪 50 年代开始,汉字简化方案在中国流行,"婦"简化为"妇"。

图 8 中在甲骨的右上边还有三个有趣的字值得我们关注,是"甲申卜",就像我们在图 5 中看过的,"甲申"属于六十干支中的一个,古代用来计历。甲骨上的文字告诉我们,这次占卜是在六十干支中的第 21 天进行的。

其中的第三个字"卜"也很有趣。粗浅地说,它意为古代制造裂纹以占卜。"卜"指的是占卜甲骨加热之后产生的裂纹。请注意,甲骨文中"卜"字短的水平的一笔在垂直的长的一笔的左上角,现代则变为短的一笔在右边。这两者都是对裂纹的图示。我们知道过去字的发音最后音节有"-k"音,② 和英语中的单词"冰球"(puck)类似,就像是加热之后甲骨碎裂的声音。因此这个字是有双重暗示的,既像是裂纹的形状,又包含了裂纹的声音。

右上边缘的第四个字是完成这次占卜的人的名字"殻"

---

① 一种说法是根据它的形状,它代表一些用大的羽毛做成的东西,如侍者在贵族的后面秉持的大羽毛。人们有时可以在京剧道具中见到此物。这种用法与西方帐篷的作用类似,也类似皇家游行中的华盖。
② 结尾"-k"的声音保存在现代方言中,包括粤语里这个字发音为"buk"。

(Que)。尽管这个名字在无数的甲骨中出现过,但是这个字没有现代的对应写法。往下第五个字是"贞"。右上边底部是个不完整的字,位于"王"字下面靠边处,应该是"婦"的下半部分,即女主人公的名字。她名字的第二个字在左边一行的第一个。

让我们再来看这块甲骨上的最后一个字——沿着甲骨右边写的"王"字。它以前的字形像是一个小帐篷,即在其左侧的第二个字。先前我们讨论过了"王"字的词源,即表示来自刽子手的斧子。当然,甲骨上这个像帐篷的字比现代写法更接近于斧子的样子。

最后,我们要全面了解这段甲骨文的意思。① 图 9 对右上半边的甲骨做了更详细的分析,用 35 个字传达一段完整的信息。占卜的内容从甲骨的右上角开始,依序往左,但最后一部分的位置容易混淆。为了帮助辨认,甲骨中的字以数字标出。

这 35 个字组成的信息以原来的顺序抄成六列在图 9 中间处。每排的顺序是从右向左。你可以发现我们的女主人公的名字"妇好"为第二列的第 6、第 7 两个字。

这则信息以现代字体写成,放在图 9 的右部,根据意义分成块状。为方便查找,这些字也标上了数字。每排从左到右排列。从字面上,这三行可以翻译为:

---

① 图 9 及其讨论以陈光宇的《商代甲骨中英读本》为依据。

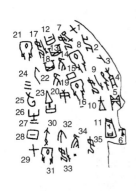

图 9 妇好分娩甲骨文

甲申,占卜,殻来占卜的:妇好分娩会吉利吗?王预测了。

就像我们之前看到的,甲申是干支系统中的第 21 天。这里提到的"王"假定指的就是武丁。

说丁日出生很吉利。庚出生尤其吉利。
三十天之后又一天,甲寅出生不吉利。是女儿。

第 3 行的第 1 个和第 4 个字分别是数字三和一。第 2 个字"旬",以十为计数单位,无论是月还是年。古代十天为一旬,"旬"就是个时间单位,就像现在一星期有七天。甲寅是六十干支中的第 51 个,甲骨裂纹后的第 31 天。我们并不清楚孩子出生不吉利是指孩子的性别还是别的原因。

妇好和武丁在中国人的记忆中依然鲜活。2012 年 5 月 25 日,我有幸观看了台北的一场舞蹈表演,名为《殷商王后》。

第三章 两位战士：妇好与召虎 | 059

图 10 《殷商王后》台北 汉唐乐府舞蹈表演 2012 年 5 月

图 10 是海报，是现代艺术家们设想这对生活在 3000 多年前的古代夫妻如何生活。在我的想象里，一位能够带领军队打败一万名敌军的女性与海报上这位优雅的女性有很大距离。①

武丁是商代的第 23 位国王。在他几十年统治期间，这个王朝繁荣而强盛。但是这个王朝在他的后代帝辛（也称"纣王"）的手中断送了。中国民间文学中，纣王是个人人憎恨的大反派。他被认为是历史上最坏的暴君之一——酒色之徒，对他的臣民使用最卑劣、最严酷的刑罚。

在本书第九章"红颜祸水与神秘的诞生"中，我们还会再见到帝辛，人们将他的堕落归咎于一个诡计多端的女人。这里我们将会简单看看另一个与周代有关的甲骨文样本。

---

① 李宗焜：《妇好在武丁王朝的角色》，见《古文字与古代史》，3：79—106，"中央研究院"历史语言研究所，2012。

图 11 鹿头甲骨文

甲骨文不仅像图 8 那样保存在龟甲上,也可以像图 6 那样保存在其他许多动物的骨头上。我们可以在图 11 中看到,这一次文字刻在一只鹿的头骨上。作为打猎得到的战利品,这只鹿与西方男子俱乐部吊在壁橱上的鹿、麋鹿、熊或者马林鱼并无不同。图 11 的例子有特殊的历史意义,因为它正是在商代末年制成的。

因为文字不完整,所以很难全部对译。我们可以看到右边一列写道:戊戌那天,纣王在蒿打猎。从左边数的第二列写到了"文武丁",即纣王的祖父,或许这则甲骨文与军事远征有关。①

现在我们说说这部分要提到的另外一位战士。大概与甲骨

---

① 我要感谢高岛谦一帮助我理解这则甲骨文。

图 12　召伯虎簋

在陕西发现的周代礼器。召伯虎是周代的一位英雄,是一个贵族的后裔。他出现在《甘棠》与《江汉》中。此图显示了簋内的铭文。

文同时,中国古人已经发明了青铜模具铸造的方法。传奇故事保存在无数美丽的青铜礼器或武器中,人们在青铜器上刻字以纪念多种重要事件。我们之前讨论了这样的一个礼器——牧野之战的利簋,它是 1976 年发掘的。

另一只簋出土于周人的祖居地陕西,它的名字叫召伯虎簋。① 图 12 就是这个容器,图 13 是这个容器里面的铭文。这是为彰显一个英雄所在的家族的荣光而铸造的,这个英雄就是周代的召伯虎。这个人曾在《甘棠》和《江汉》中出现过。在后面我们讨论《江汉》的时候会有机会再见到他。

---

① 这个人有许多名字,如召虎、召伯、召伯虎。这个簋也被叫作六年琱生簋、周生簋和六年召伯虎簋。它是一对簋中的第二个。第一个叫作五年琱生簋。在很多争论之后,这对簋上的铭文翻译在 2006 年一对尊(琱生尊)被挖掘后得到了澄清。现在对两簋上的铭文的理解是关于一桩土地纠纷诉讼的,召伯虎公正地裁决了。土地纠纷中琱生是诉讼当事人,也是制作簋的人。何大安帮助我理解其中的问题,我要表示感谢。

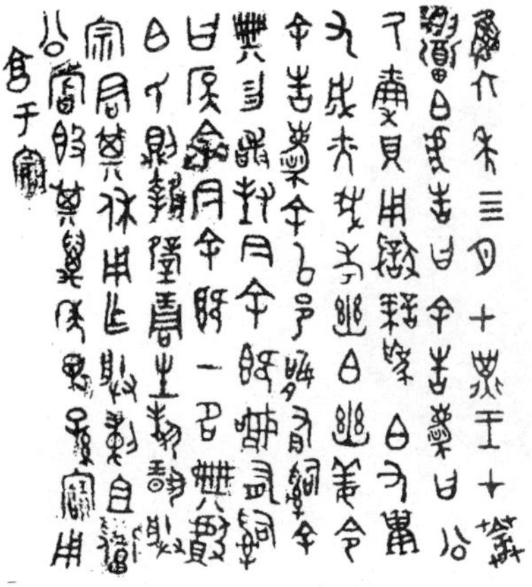

唯六年四月甲子王在䣊
召伯虎告曰余告慶曰公
厥廩貝用獄諫爲伯有祇
又成亦我考幽伯有嗣
余告慶余以邑訊有嗣
曰勿敢封今余既訊余令
典余令對余既一名典獻
伯氏則報璧琱生對揚朕
宗君其休用作朕烈祖召
公嘗殷其萬年子孫寶用
享于宗

图 13　召伯虎簋铭文及其现代转写

同样，我们也要把一些铭文中的字与现代转写形式相比较。右侧第一列的第4个字，有四条水平线，意为"四"，比现代的"四"更直观。类似地，这个字下面的字意思是"月"，比现代的"月"看起来更像月亮的形状。组合起来的"四月"意思就是农历的第四个月。

我们在图5和图6中已经见过了"四月"下面的两个字"甲子"。我们可以看出召伯虎簋在六十干支循环的第一天中被制作出来。"甲子"下面的字刚刚讨论过，就是"王"。在许多语言中，"王"经常用作姓，比如美国人权运动的领袖马丁·路德·金（Martin Luther King）。"王"也是中国使用最广泛的姓，姓王的人与人数最多的姓"李"的人数量相近。

第二列的前三个字是主人公的名字——"召伯虎"。"虎"

为第三个字。当我们把这个字逆时针旋转90度,"虎"为象形文字的证据便更明显了。老虎的四肢和尾巴马上就能看出来了。这个字及不少其他的字已经简化了,现在写作"虎"。

青铜器上的铭文、数以千计的写在甲骨上的文字,原本是为了占卜的目的,今天成为汉语最早的标本。正如前文解释过的,青铜器上的叫作金文,龟甲和牛肩胛骨上的叫作甲骨文。正是这些文字符号,记载了中国从迷雾般的史前神话与半人半神的阶段向有确切的人物与可确定时间的事件构成的"信史"的转变过程。到公元前841年,秦统一中国前的600年,汉朝历史学家司马迁能够相对准确地推算出不同国君的在位年代。到公元前771年周王室向东迁都至洛阳后,中国的历史成为了可靠的信史。

这些早期的文字是无价之宝,它们直接跨越了时间的鸿沟,完全忠实地保存了第一手材料。从原始的甲骨文和金文里,从《诗经》中的诗歌里,从早期历史学家的记载中,当我们可以从分别独立的资源中发现吻合的证据时,我们对古代中国的认识就更可靠了。我们已经提到了一些例子:商代王后妇好、商周之间的牧野之战、周代英雄召伯虎。

古文字中涉及的题材,尤其是青铜器上的铭文,主要局限于特定的、正式的场合,以国家大事居多。我们这里将要探讨通过抄写员不断传抄、代代相传的《诗经》。像这样,它有可能丢失及复原,也可能有多种传抄过程中的错误。一个典型的例子就是秦朝公元前221年建立后不久的文化重创——焚书[①]，这是秦始皇亲自下令执行的政策。少数古代的文本有幸躲过了这次可怕的浩劫，被藏在墙壁里或者山洞中。许多文献不得不根据劫后幸存的儒生的记忆重写，所幸秦朝十分短暂，统治时间只是从公元前221年到公元前206年。尽管有这样曲折的经历，但《诗经》依然是一件珍宝，它为我们提供了古人生活与环境的全景，以自己的声音展现了人类早期文明独特的景观。

[①] 某些特定类别的书籍不在被焚之列，包括农业、占卜、医药类书籍。

第四章

《诗经》的结构

上古人民的歌咏被收集起来，结集为一本选集，是为《诗经》。《诗经》中作品的时间跨度从公元前 11 世纪的商代末期到公元前 7 世纪的东周早期。我们可以从古人的歌咏中看到王朝建立的种种情形。"诗"曾被翻译为"诗歌""颂""颂歌"，但这些只能涵盖古诗概念的一部分。这些诗很可能绝大部分都可以吟唱，可能还有乐器伴奏。

顺便指出，中国乐器的历史源远流长。考古学家在河南[①]发现过 8000 年前用鹤的腿骨制成的笛箫。这些笛箫有着数量不同的孔洞，垂直进行吹奏，与西方平行演奏的长笛[②]不同。另一种出土的中国古代乐器叫作陶埙。随着陶埙的发展演变，为了能演奏出更多的音符，埙孔的数量也有所增加。笛箫利用圆柱形管内的空气产生共鸣发声，陶埙利用近乎球形的空间内的空气产生共鸣发声。

到约 3000 年前的《诗经》的时代，音乐的相关知识已相当复杂。令人印象最为深刻的考古发现是编钟和编磬。这些成套的乐器按照乐音排开，并排挂在木梁上。图 14 是一个周代的青铜钟，上面有对称的老虎纹饰，它保存在华盛顿的弗利尔·赛克勒艺术馆（Freer Sackler Galleries）。

[①] 参见 Zhang et. al. "Oldest playable musical instruments found at Jiahu early Neolithic site in China", *Nature* 401, 1999: 366-368。论文还提供了现代音乐家表演的有声资料的网络链接。
[②] 中国的吹奏乐器主要分两种，箫主要是垂直吹奏的，笛子则是水平吹奏的。

图 14　西周青铜钟

西周青铜钟保存在华盛顿的弗利尔·赛克勒艺术馆。根据敲击的部位不同，这个青铜钟可以发出两个不同的乐音。

值得注意的是，根据敲击的部位可分为大小三音程，青铜钟可以发出两个不同的乐音。现代听觉分析法告诉我们，有 12 个八度音符。① 这些乐器完全可以胜任五音阶或者全音阶的演奏。我们可以想象，有了这些弹拨乐器、弦管乐器和打击乐器，公元前 551 年，孔子能欣赏到非常丰富的曲目。鉴于音乐在中国文明中始终起到重要作用，"音乐"与"快乐"都用到汉字"乐"并不是偶然的。

"经"这个词将这本选集提到了经典的地位，对应了其他文化中的圣书，比如《圣经》翻译成中文之后，书名中用的就是这个"经"。最致力于尊崇这本书并且鼓励人们阅读它的，

---

① 《管子·地员篇》有一种有趣的解释说明如何调整弦的长度而产生五声音阶（黄泉锋主编：《中国音乐导赏》，2010：184）的五个基本频率。

非2500年前的孔子莫属。他认为，不学《诗经》的人没法开口说话。① 又比如，他认为阅读《诗经》可以帮助学生了解不计其数的动物和植物。② 他总结了《诗经》的作用为"思无邪"。③ 3000年来，这种对《诗经》的尊崇一直在中国延续着，尤其是在儒家传统中一直保持着。一些句子在现代谈话交流中也偶尔使用，以至于人们甚至没有意识到其来源于古代。《诗经》比其他的文本更能够体现中国历史文化的精髓。

古往今来，中国学者不断地汇集、注释《诗经》，成果浩如烟海。不幸的是，为了保持《诗经》的神圣地位，许多注释将讽喻意义强加给诗歌本身，大多与诗歌的本义毫不相干。他们将《诗经》作为传达道德与政治预言的工具。然而，即使没有这些不相关的讽喻，与其历史性的价值一样，《诗经》里的诗歌也能让人体会到文学的美感。

《诗经》已被全译或选译成许多种语言。最有名的英文版有19世纪理雅各（James Legge）的、20世纪汉学家亚瑟·威利（Arthur Waley）的、美国诗人庞德（Pound）的。其中，庞德的翻译是他自己的创作，有时与原诗仅有模糊的相似之处。这一点，对比他翻译的《诗经》第一首《关雎》，读者们

---

① 《论语》第16章："不学诗，无以言。"
② 第17章："多识鸟兽草木之名。"
③ 第2章："诗三百，一言以蔽之，曰：思无邪。"有趣的是，《诗经·駉》的最后一段就是关于"思无邪"的，针对的是马和战车。

即可验证。或许读者会对庞德译本中简介第10页、第11页提到的诗与乐的关系以及他所再现的两首唐代乐曲感兴趣。

瑞典汉学家高本汉(Bernhard Karlgren)对《诗经》钻研颇深。在1942年出版的《〈诗经〉诠注》中,他回顾了当时所有能找到的译本并讨论了清代学者的贡献,尤其是文献学家马瑞辰。反过来,高本汉的《〈诗经〉诠注》也被中国现代语言学家董同龢仔细阅读并提出许多修改意见。本书翻译诗歌的过程中①,也参考了其他的权威版本,但更多的是依赖高本汉的译文。

《诗经》有305篇,分为"国风""小雅""大雅"和"颂"。每一类可以细分为小的片段,多数片段包含10首诗左右。最常见的版本是汉代毛亨编辑的,这里我们采取毛本的顺序。"国风"是最多的,有160首,分为十五国风,以古代中国的政治地区命名。

"国"指的是古代地域,现代则为"国家"或"国民"的意义。"风"则是指"风"(自然现象)或"风俗"。古代人民在自然力量面前十分脆弱,风也是强有力的一种自然力量。国风中有不少诗歌写到了许多种类的风。或许我们可通过现代用语——比如"伤风""中风"——逆推当时人们多么害怕风的毁灭性力量。

---

① 本书原为英文版,此处指作者将《诗经》中的部分诗歌翻译成英文。

"风"也指那时的一种音乐形式，类似英语的曲调或者意大利的咏叹调。因此，根据古代地域不同，国风分为十五部分。第一部分叫"周南"，有 11 首诗。周南的第一首诗是《关雎》。

"大雅""小雅"中的"雅"意为"优雅"。"颂"意为"颂扬""赞颂"。"大雅""小雅"和"颂"中的诗更长一些，有更多历史与政治内涵，有的含有说教甚至布道式的语气。这些诗的作者有时可以确定，但更多诗歌的作者不能确定。①

经过学者们的大量文献学研究，我们已能确定"颂"中不少诗歌的创作时间。"颂"分为周颂、商颂、鲁颂。其中周颂历史最为古老，为公元前 11 世纪至公元前 9 世纪。商颂多为商人的后裔宋人所写，约在公元前 8 世纪至公元前 7 世纪。鲁颂创作时间距今最近，约为公元前 7 世纪，即孔子公元前 551 年在鲁国出生前不久。

从图 3 中可以看到，鲁国位于今山东省，宋国在河南省。殷是商代最后一个国都，位于今河南省安阳市。周人从西边崛起，位于今陕西省。周人向东拓展。直到公元前 1046 年牧野之战，周人战胜商人，周的疆域得以拓展。

国风中的许多诗歌可以看到年轻人对爱情永恒的吟唱，有

---

① 学者关于《诗经》作者的看法有很多，其中之一参见李辰冬的《诗经研究方法论》（1982）。

夸张的、哀怨的、恳求的、嘲弄的，等等。第一首诗《关雎》被孔子赞为"乐而不淫，哀而不伤"。众所周知，孔子提倡中庸，在爱情方面也如此。在观看《关雎》音乐表演时，孔子高兴地说："洋洋乎盈耳哉！"

相反，孔子激烈地批评郑风，这些诗（从《缁衣》到《溱洧》）产生于郑国地域之内，孔子批评郑风为"恶郑声之乱雅乐也"，具体的原因很难捉摸。或许他批评的是早就消失了的音乐伴奏。但是诗歌的文本并没有比其他地域的诗更引人反感，读者可以自己判断。随后我们会讨论《将仲子》，郑风中非常有名的一首诗。

众所周知，社会随着其赋予不同行为模式的价值的变化而变化，一个极端是过分正经，另一极端则是行为放纵。维多利亚女王统治时期的英国以极端严谨著称，在正式场合，"腿"这个词都要用"下肢"来代替。有的作家曾写道，由于太过严谨，桌腿和钢琴腿甚至要遮起来不让人看到。

社会需要礼貌与习俗的约束，有些是明晰的，有些则是模糊的。这些约束的存在可以暗示社会成员在相互接触时可能会发生什么，尤其在很多特殊的场合如何扮演相应的角色，比如出生与死亡，求爱和婚姻，如何表达爱恨、尊重或鄙视等。不同文化的习俗不同，同一文化的习俗也会改变。社交礼仪包括当你参加宗教活动应该穿什么，该送给谁什么样的礼物，以及是否可以与你兄弟的遗孀结合。

中国的很多民族在男女如何相处方面有很大不同。比如生活在云南的一些少数民族是母系社会，夫从妻居。至少在儒家价值观占据统治地位之前，或许中国古代男女间是非常开放的。

在大部分现代社会的语境中，儒家价值观被认为是过于严苛了。这体现在儒家思想中的领军人物孟子说的"男女授受不亲"，意思是当交接物品时男女不应该有私下里的直接接触。有时这句话也用来表示男女应该避免肢体上的接触。《诗经》的一部分诗为我们了解古代男女的关系提供了绝佳的资料。

第五章

《诗经》的遗产

从本章起，我从《诗经》的305首诗中选了21首来研读。在这一章，我们先概述一下这些诗的情况。

第一首《关雎》是《诗经》中最有名的诗。我们很快会看到它的全文，并将它与其他两种翻译成现代普通话的版本比较。接下来是《鹊巢》，是一个被人取代的女子的哀歌。之后是《将仲子》，讲述的是一位姑娘恳求她的情人不要太靠近她的家以防被父母发现。再下面是《野有死麕》，写的是一个女孩儿偷偷在树林里私会情人。

《蒹葭》的结构非常优雅，写了沿河寻找爱情的过程。台湾著名小说家琼瑶写过一个现代版本，名为《在水一方》。琼瑶的诗后来被传奇歌手邓丽君演唱过。之后是《伯兮》，讲述一个女子在情人参军后十分沮丧，也无心打扮自己。

下一首是《四牡》，谈的是关于忠孝难两全的问题。《南山》是警示一个男子，因为他追求已经嫁到别国去的旧情人。接着是《木瓜》，言简意赅地写了以水果作为礼物送出去，得到了玉器作为回报。

接下来是《缁衣》，说的是一个女子很关心爱人的衣食住行。《鸡鸣》是一段有趣的对白，一个男子不想起床，妻子便催促丈夫起来以免他误事。《氓》记录了以求爱、婚姻开始，以分手结束的一段不成功的男女感情。这首诗是以自述的方式展开的，讽刺相当辛辣。

接下来一首也是"国风"中的——《黄鸟》。《蒹葭》和

《黄鸟》都是来自"国风"中的"秦风","秦风"共有10首。这里的"秦"是统一全中国并且在公元前221年建立第一个帝国的秦国的前身。《黄鸟》间接暗示了秦穆公的死亡。秦穆公大约死于秦统一前的400年,即公元前621年。这也为这首诗可靠的创作时间提供了线索。

那时候的秦国还存在一种残酷的葬礼,这种葬礼需要活埋奴隶或配偶来殉葬,因为那时的人们相信人死后,这些殉葬者可以继续陪伴死者。这种风俗可以追溯到很多年前的商代。不同文化的不同时段也存在类似的习俗。或许最有名的要数印度的殉夫风俗了。在印度,成为寡妇的女性要在丈夫葬礼的柴火上以自己为祭品,走向生命的尽头。

秦穆公死后活埋了"良人"。《黄鸟》讽刺地发出了反对的声音。不幸的是,这种风俗在秦穆公死后的至少几百年内依然存在着。举世闻名的西安兵马俑,就是作为始皇帝公元前210年死去后的侍者而建的。很少有人知道许多活人也被埋了,去阴曹地府陪伴这位有名的暴君。

和其他的诗一样,"国风"中有普通大众为他们的爱人能从战争中平安回家而祈祷的声音,有抨击税赋不公或者官员腐败的声音。"雅""颂"也有其他的声音,多半是与国事有关,有庄严的咒语,也有赞美英勇的国王或叙述残酷的战争过程的记录。

《玄鸟》和《生民》分别讲述了商代和周代祖先的神秘降

生。《绵》讲述了周人寻找一个新的居住地并建造他们自己的城市。《江汉》讲述一位受到人民拥戴的周代英雄,类似《甘棠》。《巷伯》是一位宦官的抱怨之声,让我们可以窥见复杂的朝廷纷争。

接下来是《何草不黄》,讲述一位被征调的士兵,哀怨自己所受到的不公正待遇。最后镐京陷落,周王朝急剧衰落,一位老臣在《抑》中警示国王,提醒他如果不奋发,负起自己的责任,更坏的结果还会降临。

帮助分析诗歌的注解

我们要讨论的每一行诗句都会提供英文翻译。注意意大利文的劝告:traduttore, traditore。意思是说,翻译就是一种背叛,翻译难免与疑惑联系在一起。我们与3000年前的区别就像是中国传统与欧洲传统的区别那样大。在巨大的文化魅力中最为重要的就是存在语言本身带来的挑战。每一种语言都有自己的一系列语法规则,如时态、数、性、体貌、情态、实据性等。在原语言与目标语言之间,由于两套语法体系不匹配,经常会为翻译者造成即使可以解决也是非常严峻的问题。这些困难的确是会产生的。有的困难出现在特殊语境的原文中，如甲骨卜辞里，^①前面我们已经见到；有的则出现在像《诗经》这样一般语境的诗歌里，是我们即将看到的。

举个例子，中国古代语言并不区分名词的"性"，^②不像英文中有"he"（他）或者"she"（她），因此经常很难判断一首诗是关于男人还是女人的，思念的对象是"他的"还是"她的"爱人。有时这种性别的模糊可以在上下文当中得到解决。在《野有死麕》中——后文我们还会详细说——声音显然是女性发出的。因为第10行告诉我们说她穿着"帨"，这是一种缠在腰带上的方巾。再有，"之子于归"这样的常见诗句在许多其他的诗歌中指的是一个马上就要嫁人的女子。然而也有其他的情况，上下文不能帮助我们的时候，分辨其性别就是不可能的了。

众所周知，中文与英文的语法有很大差别。除此之外，一些文化词汇之间也存在着鸿沟。这个问题会在下文中较为中肯地予以强调。回到前面引用的意大利文的劝告，翻译就是背叛，但是基于一种合理的信念，翻译也可能是一件有价值的工作。

---

① 更深入的讨论见高岛谦一的"The nature of the language of Shang divination"，2011。论文发表在12月4日弗雷德里希·亚历山大大学纽伦堡—埃尔朗根大学国际人文研究联合会的研讨会上。主要根据 pp. 17-71, "The 'Question' question" in Introduction。*Studies of Fascicle Three of Inscriptions from the Yin Ruins, Volume I: General Notes, Text and Translations*. Taipei: Institute of History and Philology, Academia Sinica, 2010.107A.
② 现代语言中可以用"他、她、它"区分。

像自然、理性、科学、宗教以及自由这样蕴含无数层历史意义的单词，遇见了中国的道、礼、气，这些词在中国传统中也有自己复杂的历史……除了争论"宗教"是否可以用于中国，或者是否"道"可以用于西方，我们一定要足够清醒地认识到每个人是在特定的情境下使用这些特定的词语的……能激励人类继续从事翻译这种事业的信念在于，坚信比较的思维可以穿越语言、历史、文化的障碍。这种信念预设了人类处于同一个世界，可以分享共同的经验。①

一首诗是声音与意义两个方面的结合，它不仅通过文章驱动人的语言方面的理解，也通过自己的重音与押韵愉悦人的听觉。翻译者不可能完全忠实于声音或者意义，更不要说同时忠实于两者了。所以每次都要衡量两者的分量。威利尝试了抓住《诗经》中的诗性，但也不想偏离原意太远。然而，庞德注重的是原诗的主题，再经过自己的想象加以发挥。我们会在具体的例子中列出他们的译作，来看看他们的差异。

笔者这里进行的能省则省的翻译尝试，更像是一种线条画，这些译文放在每个表格的第五列。你会看到最低限度的英语语法，尽量省略句子或语言的屈折变化，因为这些在汉语结

---

① Schwartz, Benjamin I. *The World of Thought in Ancient China*, pp. 12-13, Harvard University Press. 1985, 参见 Hansen, Chad. *Language and Logic in Ancient China*, University of Michigan Press, 1983.

构中不适用。你不会看到全部的故事或者场景的细节。要想完整了解这首诗的意思,你必须调动你全部的想象力,将自己置身于古代的、不熟悉的画面与异域的文化之中。就像是考古学家用铲子挖出我们祖先的骨头,我们需要用自己的想象提供肌肉、皮肤、毛发等才能复原其全貌。

在结构上,多数诗歌由四个音节组成。这种四言诗的传统现代也能看到。比如,中华民国 1937 年的国歌就是四言的。歌词里有一句"夙夜匪解",意思是日夜无休,就是直接从《诗经》里的《烝民》中拿来的。其他许多来自《诗经》的表达在现代汉语中也活跃着,比如说"人言可畏"(《将仲子》)、"自求多福"(《文王》)、"天作之合"(《大明》)。

汉语充满了这样的表达,大概是与从《诗经》得来的例子类似,并且在那之后经过了几百年的不断积累。它们被叫作"四字词",或者叫"成语"。人们编了好多这样的词典来收集整理这些成语。这些表达已经固定下来了,人们使用它们可以帮助汉语表达更有效、更有力。因为它们在人们潜意识里非常容易理解,就成为了习惯用语,并且有助于塑造个人的个性,以至于决定社会的文化规范。

《诗经》中的许多诗歌由 6—8 行诗节组成,当然也有的诗超过了 100 行。后文的表格中,这些诗行在表格的第一列标上了数字,连续的诗节用罗马数字标出。最后一个音节根据诗节中不同的韵律格式押韵,很少会有例外。这种押韵的传统是世界文学中最早的。

在下面的表格中,押韵的音节采用下划线和斜体标出汉语拼音的拼写。当最后的音节是特别的类型,比如是一种感叹词或者是语法助词时,前面的音节就要负责押韵了。汉语中的押韵一般意味着音节共有同样的声调和韵核以及辅音韵尾。这可以从一首唐诗中看出来,唐代是诗歌最辉煌的时期。表格2中是李白的一首不朽名篇,普通话读音在第四列中。

表格2　静夜思

		静夜思	Jìng Yè Sī	Quiet Night Thoughts
李白	1.	床前明月光	chuáng qián míng yuè *guāng*	Moon light before my bed
	2.	疑是地上霜	yí shì dì shàng *shuāng*	Thought was frost on ground
	3.	举头望明月	jǔ tóu wàng míng yuè	Raising head I look at moon
	4.	低头思故乡	dī tóu sīgù *xiāng*	Lowering head I think of home

在这首诗中,押韵的形式可以概括为AAxA,A代表押韵字,"x"代表了一个诗节中不押韵的字。也就是说,第1行、2行、4行最后一个音节押韵。在这三个音节中,韵核是"a",辅音韵尾是"ng",在英语中也是用两个字母拼写而发音上只

是一个辅音。[①]但一个诗节包含几个不同的韵脚,我们可能会用不同的大写字母来代表,比如说 AABB 或者 ABAB。

接着,这些押韵的音节都有一个普通话中的高平调,或者叫作第一声,一般写的时候不加上读音符号。如果加上读音符号应该是,升调 á,低调 ǎ,降调 à。这些也被叫作第 2、第 3、第 4 声。异乎寻常的是,13 个世纪前唐代李白的诗歌中押韵的地方今天还是可以押韵的。这种情况应该与《诗经》有所不同,因为《诗经》距今近 30 个世纪了。

当然,也有许多本来在唐代诗歌中是押韵的,用普通话来读就不再押韵了。但在其他汉语方言里还是会押韵的,比如粤语。普通话是一种以北京话为基础的社交语言,在过去的 1000 年,北京大多数时候是做首都,比如蒙古族统治下的元代和满族统治下的清代。这些北方民族原本使用的语言是阿尔泰语系的。这些时期正是语言相互交流和发生变化的时期。因此在方言中押韵而普通话中不再押韵的情况也就不值得惊奇了,因为普通话和北京话相比于其他大城市如香港、上海或者台北的当地方言,与唐代的语言差异更大。香港、上海或者台北分别代表了粤语、吴语和闽语。

既然我们讨论的是 30 多个世纪之前《诗经》中的诗歌,语言之间的差异自然比唐代语言的差异更大,当初的韵脚现

[①] 软腭鼻辅音的音标是 /ŋ/。

在很少还是押韵的。当然没有人能确切知道3000年前的语言听起来是什么样的,甚至是否有声调,或者现在通过声调来区别的字在当时是否有其他的发音方式来区别。许多学者尝试了用科学手段构拟古音,包括前文提到的瑞典的高本汉。他在构拟中借鉴了许多清代杰出学者的语言学成果。学者们把《诗经》的语言称为"上古汉语"(Old Chinese)。这里的形容词"Old"指的是"上古时期",语言有了文字记录的早期阶段。①

一个更新的构拟是由美国学者白一平(William Baxter)在《汉语上古音手册》(*A Handbook of Old Chinese Phonology*)② 中提出的。他所识别出的《诗经》中押韵的字本书予以采信,即使这些字在现代语言中不再押韵了。学术界对古代发音的构拟在几个世纪前的中国就开始流行了。这项工作既艰难又规模宏大,在《汉语上古音手册》中也有令人钦佩的尝试。本书的表格中用斜体表示并且加了下划线的是押韵音节。要注意,一般来说,典型的押韵不会跨越不同的诗行。而且,较长的诗节经常采用两个或者更多的韵。

尽管古代与现代发音之间横亘着巨大的时间隔阂,但我们

---

① 高本汉称《诗经》中的语言为"古汉语",其他西方学者中也有人称之为"上古汉语",称公元600年左右的语言为"中古汉语"。
② 关于白一平的《汉语上古音手册》,1993年蒲立本(Pulleyblank)写过深入的书评,之后在 *Journal of Chinese Linguistics* 上引发了技术上的讨论。白一平已经与沙加尔(Laurent Sagart)合作,更新了他对上古汉语的构拟。这些研究结果可以在网上查到:http://crlao.ehess.fr/document.php?id=1217。

仍然可以用普通话大声朗读出来，帮助我们获得一种整体的感受。就像举例的李白的诗，表格中第四栏是汉语拼音。大声读出来会增加阅读的享受。这些诗最早是歌曲，有的有伴奏演唱，有的无伴奏演唱。可惜我们已经失去了这些诗歌的配乐。听到这些词会使得欣赏中国诗歌成为更完整的过程，就算没有学过汉语也没关系。

除了押韵，《诗经》结构所具备的其他值得注意的特质还有：词语层面大量的重叠以及短语层面的复沓。正是系统地、大量地使用这些结构，才能制造出诗歌的效果。在英语中，有歌曲中重复的例子"一闪一闪亮晶晶"（Twinkle, twinkle, little star），或者是"划啊，划啊，快划船"（Row, row, row your boat）。英语中也有以单词的部分重复暗示特定的行动方式的用法，比如表示"使翻转或者发出噼啪声"（flip-flop）或者"Z字形歪斜"（zig-zag），也有拟声词，比如"汪汪"（bow-wow）、"叮咚"（ding-dong）、"噼里啪啦"（pitter-patter）。复沓在世界各国不同的歌曲中也存在，有的是合唱，有的是叠句。

另一个例子是20世纪70年代美国著名歌唱家保罗·西蒙（Paul Simon）的著名歌曲《汹涌波涛上的桥》（*Bridge Over Troubled Water*）中重复的句子："就像一座汹涌波涛上的桥"（Like a bridge over troubled water）。局部或者全诗中诗句的重复，就像是押韵，可以帮助确定诗歌的结构并且加强整体的感觉。

在《诗经》中，这两种方式都被广泛使用。我们会看到在即将被讨论的诗中，诗句经常被重复，有时是一字不差，有时是单字替换。在我们要欣赏的第一首诗《关雎》中，诗句"窈窕淑女"在五个诗节中有四个都出现了。在《黄鸟》中，每个诗节的第二部分由同样的六行组成。

中文的重叠比英文中使用更加广泛。《关雎》以"关关"两字开始，"关关"是模拟一种鸟的叫声。有的叠字是用来描述植物茂盛地生长，如"苍苍""萋萋"和"采采"（《蒹葭》）；"骓骓"是用来形容骏马骄傲地欢腾的样子（《四牡》）；表格9中的"茫茫"形容雾；"崔崔"形容山的险峻（《南山》），"涟涟"形容泪水滑落（《氓》）。

这个方法在几个世纪后的诗歌创作中继续流传着。一个突出的例子就是中国宋代最有名的女词人李清照的词《声声慢》，第一行连续用七组叠字来暗示某个寒冷萧瑟的晚上她孤单寂寞的心情——"寻寻觅觅冷冷清清凄凄惨惨戚戚"。

第六章 《诗经》中的爱情：《关雎》

对《诗经》内容与结构有了了解之后,我们来看一下《诗经》中的第一首诗,进行更深入的解读。

表格3 关雎

m1	1.	关关雎鸠	guān guān jū jiū	"Guan, guan" cry the ospreys
国风	2.	在河之洲	zài hé zhī zhōu	On the islet in the river
周南	3.	窈窕淑女	yǎo tiǎo shū nǚ	Lovely and good is the girl
关雎	4.	君子好逑	jūn zǐ hǎo qiú	Fitting mate for a gentleman
II	5.	参差荇菜	cēn cī xìng cài	Uneven length grows the water mallow
	6.	左右流之	zuǒ yòu liú zhī	To left and right we catch it
	7.	窈窕淑女	yǎo tiǎo shū nǚ	Lovely and good is the girl
	8.	寤寐求之	wù mèi qiú zhī	Waking and sleeping he grieved
III	9.	求之不得	qiú zhī bù dé	Sought her and could not get her
	10.	寤寐思服	wù mèi sī fú	Waking and sleeping he grieved
	11.	悠哉悠哉	yōu zāi yōu zāi	Loving, longing

	12.	辗转反侧	zhǎn zhuǎn fǎn <u>cè</u>	Tossing now on his back, now on his side
IV	13.	参差荇菜	cēn cī xìng cài	Uneven length grows the water mallow
	14.	左右采之	zuǒ yòu <u>*cǎi*</u> zhī	To left and right we gather it
	15.	窈窕淑女	yǎo tiǎo shū nǔ	Lovely and good is the girl
	16.	琴瑟友之	qín sè <u>*yǒu*</u> zhī	With lute and zither we befriend her
V	17.	参差荇菜	cēn cī xìng cài	Uneven length grows the water mallow
	18	左右芼之	zuǒ yòu <u>*mào*</u> zhī	To left and right we cull it
	19.	窈窕淑女	yǎo tiǎo shū nǔ	Lovely and good is the girl
	20.	钟鼓乐之	zhōng gǔ <u>lè</u> zhī	With bells and drums we cheer her

这个表格共五列。沿第一列向下看，第一个单元格标出该诗在《毛诗》中的序号。第二个单元格告诉我们这首诗属于"国风"。第三个单元格告诉我们这首诗来自"周南"地区。第四个单元格给出这首诗的名字"关雎"。第一列还标出了本诗的诗节：第2节从第5行开始，第3节从第9行开始。以此类推，这首诗有5节，每节4行。

第二列给出了行数。第三列给出了中文简化字书写。第四列是汉语拼音的拼写。第五列是基本上从字面义出发——对译的英文翻译。这种五列的表格会在本书中多次出现。

第 1 节和第 3 节以 AAxA 的方式押韵，我们在李白的诗中见过。押韵的韵脚采用斜体且加上了下划线。第 1 节的韵脚用普通话读起来也很顺口（jiu zhou qiu）；第 3 节的韵脚则在语音的变迁中湮没了（de fu ce）。这三个韵脚是以辅音 /-k/ 结尾的，现代广东话中依然存在。但是在普通话中，这三者的读音已经失去了 /-k/。

剩下的第 2 节、第 4 节、第 5 节，与前面提到的不同，是以 xAxA 的方式押韵。由于最后一个字是代词"之"，韵脚就落在了前一个字上。

本诗的主人公是第 3 行提到的姑娘。她可爱而美好，反复出现在第 7 行、第 15 行、第 19 行。复合词"窈窕"[①]意为外表美丽、内在温顺，这两者兼有的女性是最招人喜欢的。"窈窕淑女"在中国已经成为描绘年轻女性的通用语。当好莱坞推出电影 *My Fair Lady* 时，在中国大陆和台湾地区立即被翻译为《窈窕淑女》。

几年后，这部电影的粤语版本在香港上市，又一次使用了

[①] 复合词"窈窕"在古典文学中被反复使用。比如宋代诗人苏轼在《前赤壁赋》中用此词形容好文章。中国古代有很多双音节的复合词，本身就是押韵的，就像"窈窕"二字本身。或者押头韵的，像动词"踌躇"或者名词"蜘蛛"。

《诗经》的诗句来吸引更多的中国观众。有趣的是,电影《窈窕淑女》中上流社会的语音是标准英式发音,伦敦工人阶级的考克尼(Cockney)口音会受到嘲笑。粤语版本中,上流社会的标准语是香港粤语,台山的口音会受到嘲笑。

在《关雎》中可以看到的一种诗歌手法是用动物和植物混合,展开主题。本诗的主题本来是描写对一位美女的渴望,却是以鸟鸣声开始的,并反复写到水中的"荇菜",带入具有强烈暗示性的场景,这种方式在《诗经》中多次出现,中文称之为"借景抒情"。

《诗经》记录了许多动植物名称,实属难得。在前文中孔子也说过。可惜的是,很多动植物要么灭绝了,要么现在已不为人知了。说起将《诗经》翻译成英文很有难度的例子,我们可以看看第一行的"雎鸠"。威利的版本中译为"鱼鹰"(osprey)。高本汉(1950)保持了汉语原文,没有用英文翻译,庞德认为是"鱼鹰"(fish-hawk)。还可以参考贾福相的《诗经·国风:英文白话新译》(2008:2),他将其翻译成"鱼狗"(kingfisher),他是位专业的动物学家。除了这些技术上的问题,古代动植物作为隐喻,有一定的文化语境,根据诗的不同主题而选择性地出现。但在现代世界,运用这些隐喻的语境可能不再那么明显或者不再适当了。

表格4　关雎

*m1	1.	关关雎鸠	水鸟儿闹闹嚷嚷	水鸟应和关关唱
国风	2.	在河之洲	在河心小小洲上	歌唱在那沙洲上
周南	3.	窈窕淑女	好姑娘苗苗条条	美丽善良的姑娘
关雎	4.	君子好逑	哥儿想和她成双	正是我的好对象
II	5.	参差荇菜	水荇菜长短不齐	短的长的水荇菜
	6.	左右流之	采荇菜左右东西	向左向右把它采
	7.	窈窕淑女	好姑娘苗苗条条	美丽善良的姑娘
	8.	寤寐求之	追求她直到梦里	睡里梦中使人想
III	9.	求之不得	追求她成了空想	空想总是不能得
	10.	寤寐思服	睁眼想闭眼也想	梦寐之中想更切
	11.	悠哉悠哉	夜长长相思不断	想她念她真难忘
	12.	辗转反侧	仅翻身直到天亮	翻来覆去天不亮
IV	13.	参差荇菜	长和短水边荇菜	水荇菜来短又长
	14.	左右采之	采荇人左采右采	左采右采在河旁
	15.	窈窕淑女	好姑娘苗苗条条	美丽善良的姑娘
	16.	琴瑟友之	弹琴瑟迎她过来	想用琴瑟供她赏
V	17.	参差荇菜	长和短水边荇菜	水荇长短不整齐
	18.	左右芼之	采荇人左拣右拣	左边右边来摘取
	19.	窈窕淑女	好姑娘苗苗条条	美丽善良的姑娘
	20.	钟鼓乐之	娶她来钟鼓喧喧	想用钟鼓供欢娱

将《关雎》与现代译文相比较也很有趣,包括押韵方面的比较。在表格中,笔者用"*m1"来说明是对《关雎》的现代文翻译。第四列是1977年余冠英的现代文翻译,第五列是袁愈荌、唐莫尧《诗经全译》(1991)的译文。贾福相2008年的版本也是值得参考的,书中还提供了160首"国风"全部的普通话与英文翻译。

有的普通话版本相对更忠实于原文,有的押韵比原文还好。可以想象,这是因为这些诗被创作时和我们阅读时用的是同一种语言。有趣的是,上述两种翻译都把四言诗变成了七言的。这种改编可能反映出唐代诗歌对现代思维的强大影响。就像我们看过的李白的诗,唐代的诗歌大多采用五言或者七言。

两版都是很优秀的翻译,能够使人获得阅读的享受,但它们有着不同的诠释。余冠英的版本采用了许多叠字,保存了更多古诗的韵味。20行诗句中有13组叠字。袁愈荌、唐莫尧的版本只有一组叠字,在原诗第一行。总而言之,袁愈荌、唐莫尧保存了更多原诗的意义。举例来说,第三行使用的"美丽"与"善良",实际上是古代汉语中"窈"和"窕"分别对应的含义。

威利与庞德

下文威利的翻译主要依托于《关雎》原文,只有小部分偏离了原意。例如,原文的前两行中"关关"是模拟鸟叫的声音,诗人是纯粹拟声的。威利选了"美人"(fair)来形容姑娘的美丽。对这两个字更多的讨论可参见夏含夷的《兴与象:中国古代文化史论集》(2012:14-16)。

"Fair, fair" cry the ospreys
On the islet in the river.
Lovely is this noble lady,
Fit bride for our lord.

In patches grows the water mallow;
To left and right one must seek it.
Shy was this noble lady;
Day and night he sought her.

Sought her and could not get her;
Day and night he grieved.
Long thoughts, oh, long unhappy thoughts,
Now on his back, now tossing on to his side.

In patches grows the water mallow;
To left and right one must gather it.
Shy is this noble lady;
With great zither and little we hearten her.

In patches grows the water mallow;
To left and right one must choose it.
Shy is this noble lady;
With bells and drums we will gladden her.

与以上两种现代文及威利的英译本不同,庞德的《诗经》译本很特别。① 下面就是他翻译成英文的《关雎》,这里保存了他自己的排列及书写形式以便于比较。了解古诗翻译的过程也是解读的过程,因而多样化的翻译代表了多样化的解读。

"Hid! Hid!" the fish-hawk saith,
by isle in Ho the fish-hawk saith:
   "Dark and clear,
   Dark and clear,
So shall be the prince's fere."

---

① 实际上有更多《关雎》的译本没有收入本书。比如散复生(Sampson)2006 年的 *Love Songs of Early China*,选诗非常精当。

Clear as the stream her modesty;

As neath dark boughs her secrecy,
  reed against reed
  tall on slight
as the stream moves left and right,
  dark and clear,
  dark and clear.
To seek and not find
as a dream in his mind,
  think how her robe should be,
  distantly, to toss and turn,
  to toss and turn.

High reed caught in ts'ai grass
  so deep her secrecy;
lute sound in lute sound is caught,
  touching, passing, left and right.
 the gong of her delight.

对"君子"二字的翻译也值得玩味,"君子"出现在第 4 行。庞德认为应当翻译成"王子"(prince),威利与高本汉认为是"贵族"(lord)。但是这样仅仅包含了地位或名号,可能并不完全合适。笔者认为,更好的翻译是"绅士"

(gentleman),虽然对应得可能并不完美。中文里"君子"有很长的历史,在《论语》中曾出现过多次。

今天,"君子"指的是一个正直的人,受到过良好教育,行为举止得体。在像"君子一言"这样的用语中可反映出来。"君子一言"类似英语中的"绅士的承诺"(a gentleman's word),是可以绝对信任的,汉语中常常与"驷马难追"一起使用,说明这样的话不能轻易说,一旦说了就不能收回,要尽全力遵守。

《关雎》是《诗经》中的第一首诗,也是最有名且讨论最为广泛的诗。除了上面的四种译文,还有两种中文版、两种英文版。在《诗经》这座文学的高峰上,还有不计其数的注释。这里再加上一则对前面两个字"关关"的补充。以上四种译文都把"关关"看作模拟雎鸠的叫声。但最近有一种解读方式,将这两个字看作同音异形字"观观"。新的解释可能把前几行变成:

Watchful, Watchful, the osprey,
On the islet of the river.

因此,这首诗又有了新的意义:雎鸠在看着、等候着,或许是在等待配偶回归。①

---

① 参见 Bodde, Derk, *Chinese Thought, Society, and Science*(1991: 36)。但是这两个字形"关"与"观"在古代汉语中并不是同音字。这就使得此说不甚合适。我要感谢何大安的研究。此外,夏含夷还提醒我注意到"關"字。该字是"关"的繁体字形,在最近出土的考古材料中作"貫",增加了对这首诗解读的难度。

第七章

有望与无望之爱

前一章讨论了《诗经》中最有名的诗歌——《关雎》,现在我们来欣赏《诗经》中的其他篇章。

鹊巢

这首诗的押韵方式简单而直接,为 xAxA 模式。偶数行均以"之"结尾,韵脚落在倒数第二个字上。

表格 5　鹊巢

m12	1.	维鹊有巢	wéi què yǒu cháo	Magpie has nest
国风	2.	维鸠居之	wéi jiū *jū* zhī	Cuckoo lives in it
召南	3.	之子于归	zhī zǐ yú guī	Girl to be married
鹊巢	4.	百两御之	bǎi liǎng *yù* zhī	Hundred coaches meet her
II	5.	维鹊有巢	wéi què yǒu cháo	Magpie has nest
	6.	维鸠方之	wéi jiū *fāng* zhī	Cuckoo makes home in it
	7.	之子于归	zhī zǐ yú guī	Girl to be married
	8.	百两将之	bǎi liǎng *jiāng* zhī	Hundred coaches escort her
III	9.	维鹊有巢	wéi què yǒu cháo	Magpie has nest
	10.	维鸠盈之	wéi jiū *yíng* zhī	Cuckoo fills it

11.	之子于归	zhī zǐ yú guī	Girl to be married
12.	百两成之	bǎi liǎng *chéng* zhī	Hundred coaches gird her

威利在1937年出版的《诗经》英译版中指出，他怀疑"鹊"可能不是寄主鸟类喜鹊。他暗示诗中的"鹊"应该是一种麻雀。他认为这种迷惑可能是由同音造成的。无论如何，"鸠"的不寻常行为已经得到了许多作家的关注。它将卵产在其他鸟类的巢中，幼鸟被寄主鸟类养育，不啻为生物界的怪事。这个题材在"鸠占鹊巢"中有所体现，字面上的意思是"杜鹃占据了喜鹊的巢"。

这个主题在两个女子相争的故事中也有所体现，比如安妮与玛丽，波琳家的两姐妹。故事发生在英格兰亨利八世当政之时，近来被拍成了电影，名为《另一个波琳家的女孩》，在中国又译为《鸠占鹊巢》。

如前所述，我们现在来看看十五国风中诗歌数量最多的郑风，国风中每部分平均有近10首诗，而郑风却有21首。其中《将仲子》这首诗是以女主人公的口吻，述说对一个叫"仲子"的人的恳求。

"仲子"中的第一个字"仲"很有意思，因为这是一种标记兄弟姐妹出生次序的传统方式。同代或者隔代中，辈分在中国社会总是占据重要的地位，这在词汇中有所体现。比如，中文里没有像英文中"brother"那样简单表示"兄弟"的词汇。在中国，称同辈男性年长者为"哥哥"，称同辈男性年幼者为"弟弟"，而非一概而论。同样，中国人称同辈女性年长者为"姐姐"，称同辈女性年幼者为"妹妹"。还有一个英文单词是"表亲"（cousin），而在中文中根据这个人是男性还是女性，年长还是年幼，父亲的亲戚还是母亲的亲戚，有八个相关术语。

　　人们经常会将表示亲缘关系的术语加到名字里表示友好或者美好的祝愿。比如，著名功夫电影明星Jacky Chan，中文名字叫成龙，就常被朋友们称为"龙哥"。这或许源自《论语》"四海之内，皆兄弟也"。在晚辈与长辈说话的时候，中国用"叔叔"或"阿姨"之类的称呼表示尊重。

　　与此相关，我个人也有一段非常值得珍视的回忆。回想1973年，我刚从加利福尼亚回到中国做一系列演讲，经常被孩子们叫作"阿姨"，在农村里，孩子们更加单纯友好，这种事更常发生。"文革"中，男人与女人穿着差异不大，因而很难用穿着来区分性别是男是女。孩子们显然被我加利福尼亚风格的长发所误导，如果我留着胡子，这种迷惑就可以避免了吧。

　　在古代中国，家族兄弟姐妹以"伯""仲""叔""季"来命名。因此诗名中的"仲"告诉我们，这位恋人在家中排行第二。"仲"这个字在其他的排序方式中，也表示排在中间，如以"孟""仲""季"表示时间。莎士比亚有部名剧被翻译为

《仲夏夜之梦》,就是一个一个语素对应英文原文翻译而来的。

除了用于标记兄弟姐妹中最先出生者的"伯"字,类似用途的字还有"孟"。比如诗《桑中》和《有女同车》中提到过的美女孟姜。姜是那时有名的一个大姓。因此,孟姜就是姜家最大的女儿。

孟姜女也是一个女子的名字。她在中国民间传说中对丈夫很忠贞,很有名。她的丈夫被秦始皇征发去修建长城,结果不幸死去。这个动人的故事被改编成动人的民间歌谣。这个传说中,她在长城的一边哭得太悲伤,以至于上天被她感动,一部分长城裂开了,她就在其中找到了被埋入长城的丈夫的尸体。

再举个从男性的角度说明"孟"使用的例子,我们可以想到三国时期(秦始皇死后三四百年)的一个著名历史人物——曹操。他在汉末时出任丞相,广为人知,在大众文化中因篡汉[1]而反复被贬低。他另一个较少为人所知的名字是曹孟德。"孟"表明他是曹家的大儿子。

---

[1] 曹操的儿子曹丕即位称帝之前,汉代并没有正式结束。最近有一份古代的基因研究,发现了曹操的祖先。参见 Wang, C-C. et al. "Ancient DNA of Emperor Cao Cao's granduncle matches those of his present descendants: A commentary on present Y chromosomes reveal the ancestry of Emperor Cao Cao of 1800 years ago", 2013, *Journal of Human Genetics*. 2 月 14 日在线发布。

将仲子

这里每个诗节的押韵方式为 xAAxABxB。倒数第二个字作为韵脚，因为最后一个字"也"是助词。最后两行发展出了一句关于闲话影响的常用语——"人言可畏"，让人们警惕别人会说你些什么。这一主题反映出了当爱情并不稳定时一个年轻女性通常会面对的矛盾，在违抗父母与顺从中摇摆。她很想见自己的爱人仲子，但是她也害怕别人看见了会说闲话，尤其是担心家人的态度。

表格6　将仲子

m76	1.	将仲子兮	qiāng zhòng zǐ xī	Please, Zhongzi
国风	2.	无逾我里	wú yú wǒ *lǐ*	Do not come to my village
郑风	3.	无折我树杞	wú zhé wǒ shù *qǐ*	Do not break our willow trees
将仲子	4.	岂敢爱之	qǐ gǎn ài zhī	Not that I care about them
	5.	畏我父母	wèi wǒ fù *mǔ*	I fear my father and mother
	6.	仲可怀也	zhòng kě *huái* yě	Zhong, you are worth loving

	7.	父母之言	fù mǔ zhī yán	The words of father and mother
	8.	亦可畏也	yì kě *wèi* yě	Are also worth fearing
II	9.	将仲子兮	qiāng zhòng zǐ xī	Please, Zhongzi
	10.	无逾我墙	wú yú wǒ *qiáng*	Do not come over my wall
	11.	无折我树桑	wú zhé wǒ shù *sāng*	Do not break my mulberry trees
	12.	岂敢爱之	qǐ gǎn ài zhī	Not that I care about them
	13.	畏我诸兄	wèi wǒ zhū *xiōng*	I fear my big brothers
	14.	仲可怀也	zhòng kě *huái* yě	Zhong, you are worth loving
	15.	诸兄之言	zhū xiōng zhī yán	The words of my big brothers
	16.	亦可畏也	yì kě *wèi* yě	Are also worth fearing
III	17.	将仲子兮	qiāng zhòng zǐ xī	Please, Zhongzi
	18.	无逾我园	wú yú wǒ *yuán*	Do not come into my garden
	19.	无折我树檀	wú zhé wǒ shù *tán*	Do not break our tan trees
	20.	岂敢爱之	qǐ gǎn ài zhī	Not that I care about them

第七章 有望与无望之爱 | 109

	21.	畏人之多言	wèi rén zhī duō yán	I fear people will gossip
	22.	仲可怀也	zhòng kě *huái* yě	Zhong, you are worth loving
	23.	人之多言	rén zhī duō yán	People gossiping
	24.	亦可畏也	yì kě *wèi* yě	Is also worth fearing

中国传统中，婚姻是"父母之命，媒妁之言"。绝大多数新郎新娘在新婚之夜才第一次见到。他们认为夫妻学着相处的过程中会逐渐产生深厚的感情。这种情况下，父母之命与儿女的个人意愿之间的矛盾成了中国许多爱情故事的主题。在这首诗中，女孩让仲子不要来看她，同时又在每一节中表达她对仲子的爱意。

野有死麕

这一首还是《国风》中的诗歌。《野有死麕》，见表格7。

表格7　野有死麕

| m23 | 1. | 野有死麕 | yě yǒu sǐ *jūn* | In the wilds a dead musk deer |
| 国风 | 2. | 白茅包之 | bái máo *bāo* zhī | White rushes wrap it |

召南	3.	有女怀春	yǒu nǚ huái *chūn*	Girl feels spring in her
野有死麕	4.	吉士诱之	jí shì *yòu* zhī	Fine gentleman entices her
II	5.	林有朴樕	lín yǒu pú *sù*	In the woods low shrubby trees
	6.	野有死鹿	yě yǒu sǐ *lù*	In the wilds a dead musk deer
	7.	白茅纯束	bái máo chún *shù*	Well bound with white rushes
	8.	有女如玉	yǒu nǚ rú *yù*	Girl fair as jade
III	9.	舒而脱脱兮	shū ér tuì *tuì* xī	Slowly! Be gentle
	10.	无感我帨兮	wú gǎn wǒ *shuì* xī	Do not remove my kerchief
	11.	无使尨也吠	wú shǐ máng yě *fèi*	Do not make dog bark

我们可以从加了下划线的拼音看出，三个诗节押韵的方式是不同的。在第一个诗节中，押韵方式为ABAB，有两对押韵的音节。第2行和第4行以虚词"之"结束，就像《关雎》中的"之"，韵脚落在前一个字上。类似地，第9行和第10行以语气词"兮"结束，韵脚转移到前一个字上。注意在第二个诗节中，押韵方式为AAAA，在普通话里四个韵脚的声音也相对地保存得很好。它们都是第四声，是下降的声调。然而，前三

个韵脚的元音是/u/，第四个韵脚普通话实际上发音为/ü/，前圆唇音，虽然都是拼写为字母 u。第三个诗节，押韵方式为AAA，韵脚像前文指出的那样转移。

麕是一种很像鹿的动物，也是没有角的，物种上应该属于"獐"，现在除了在成语"獐头鼠目"当中，已经不再广泛使用了。"獐头鼠目"是带有轻蔑鄙视的口吻来形容某个人的。第 10 行的"帨"是古代女孩戴的一种头巾，很显然被系在紧身的褡上。中国指"狗"的词发生了很多次变化。第 11 行中古老的词"尨"早已不再用了。更早一些用于指称"狗"的词叫作"犬"，也被用在很多字的组合当中。"犬"字在组合成为许多动物名称的意义部分时，通常是"犭"写在左边，就像上文提到过的"獐"，又比如"狼""狐"等。一些学者怀疑语音形态的"quan"和英语的"猎犬"（hound）以及拉丁语的"狗"（canis）有着同一个语源。有趣的是，语音相似性可能成为古代说这些语言的人之间交流的线索。现代普通话则用"狗"，也是同一个意义部分。

这首诗写的是一个年轻女人与她的情人之间秘密约会。这个女孩的美丽被比喻为玉，玉是中国文化中有着重要地位的一种宝石，既是因为它外表有光彩，也是因为有一种可治愈疾病的能力，例见图 7。他们的约会地点在树林中，或许没有离住宅太远，因为他们发出的声音可能会惊动附近的狗或者引起她父母的注意。这首诗的不寻常之处在于它将死亡与肉欲并置,二者都是关于生命的决定性事件。

蒹葭

这首诗有三个诗节,每一节八行。押韵方式为AAxABABA。实际上,B的韵脚是同一个动词"从",每一节出现两次。诗中用落下的露珠来比喻寻找难以捉摸的"伊人",这一过程如同镜花水月。

表格8 蒹葭

*m129	1.	蒹葭苍苍	jiān jiā cāng *cāng*	Reeds and rushes green
国风	2.	白露为霜	bái lù wéi *shuāng*	White dew turning into frost
秦风	3.	所谓伊人	suǒ wèi yī *rén*	So-called "someone"
蒹葭	4.	在水一方	zài shuǐ yì *fāng*	Somewhere near stream
	5.	溯洄从之	sù huí *cóng* zhī	I go up stream after him
	6.	道阻且长	dào zǔ qiě *cháng*	Road difficult and long
	7.	溯游从之	sù yóu *cóng* zhī	I go down stream after him

	8.	宛在水中央	wǎn zài shuǐ zhōng _yāng_	He may be at midst of stream
II	9.	蒹葭萋萋	jiān jiā qī _qī_	Reeds and rushes luxuriant
	10.	白露未晞	bái lù wèi _xī_	White dew has not yet dried
	11.	所谓伊人	suǒ wèi yī rén	So-called "someone"
	12.	在水之湄	zài shuǐ zhī _méi_	On bank of stream
	13.	溯洄从之	sù huí _cóng_ zhī	I go up stream after him
	14.	道阻且跻	dào zǔ qiě _jī_	Road difficult and steep
	15.	溯游从之	sù yóu _cóng_ zhī	I go down stream after him
	16.	宛在水中坻	wǎn zài shuǐ zhōng _chí_	He may be on islet in stream
III	17.	蒹葭采采	jiān jiā cǎi _cǎi_	Reeds and rushes colorful
	18.	白露未已	bái lù wèi _yǐ_	White dew has not yet ceased
	19.	所谓伊人	suǒ wèi yī rén	So-called "someone"
	20.	在水之涘	zài shuǐ zhī _sì_	On bank of river
	21.	溯洄从之	sù huí _cóng_ zhī	I go up stream after him

22.	道阻且右	dào zǔ qiě *yòu*	Road difficult and turns right
23.	溯游从之	sù yóu *cóng* zhī	I go down stream after him
24.	宛在水中沚	wǎn zài shuǐ zhōng *zhǐ*	He eludes me to an islet in stream

  台湾作家琼瑶借用《蒹葭》的主题创作了另一首诗,见表格9。这首诗还被改编成了歌曲,许多歌手都唱过,包括特别有名的歌唱家邓丽君。表格中的"m129"是为了显示这个版本从《诗经》中的《蒹葭》改编而成。

  这首新诗有一些变化。表格8当中,诗人的性别本是暧昧不明的,笔者在翻译时根据其他译本,将其译为女性寻找男性。然而琼瑶以女性的立场,认为是男性寻找女性。这成为一个有趣的案例。口语中没有体现性别差异,而书面语言却需在语法上区分性别。汉语中所有的第三人称代词发音都是"ta","他"代表阳性,"她"代表阴性,而"它"则指称物体和动物。

  对诗歌的气氛更为重要的是,原诗中的"露"变成了"雾"。① 露水会很快消失,当比喻爱情的时候强调爱情的短暂。相比之下,雾则代表了爱情的难以捉摸。琼瑶笔下的形象是

---

① 感谢陈渊泉与笔者讨论这个问题。

一位笼罩在流水上的雾气中时隐时现的美丽女子。这种形象并没有消失，而是通过诗歌语言中的"宛"字持续出现在我们的视野中。"宛"字出现在《诗经·秦风·蒹葭》中每一个诗节的最后一行。即使雾气影响了视线，找寻者却一直不曾离去。

有趣的是，新版本虽然保持了24行的格式，却使用了新的押韵方式，而与《诗经·秦风·蒹葭》这三个诗节保持了同样的押韵方式。琼瑶的诗分成了两个部分，每一部分中又可以划分为两个小部分，第一个小部分4字，第二个小部分6字。因此在这首诗的结构里有两个层次。《诗经》里的许多诗以两层或多层的方式组合。琼瑶这首诗的层次组织可以在下图中看出：

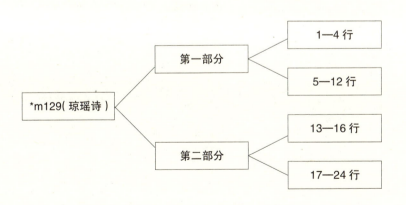

表格9 《蒹葭》的现代版

m129	1.	绿草苍苍	lǜ cǎo cāng _cāng_	Green grass luxuriant
蒹葭	2.	白雾茫茫	bái wù máng _máng_	White fog thick
	3.	有位佳人	yǒu wèi jiā rén	A beautiful woman
	4.	在水一方	zài shuǐ yì _fāng_	Alongside stream
II	5.	我愿逆流而上	wǒ yuàn nì liú ér _shàng_	I want to go up stream
	6.	依偎在她身旁	yī wēi zài tā shēn _páng_	To be by her side
	7.	无奈前有险滩	wú nài qián yǒu xiǎn tān	But steep banks lie ahead
	8.	道路又远又长	dào lù yòu yuǎn yòu _cháng_	The way is far and long
	9.	我愿顺流而下	wǒ yuàn shùn liú ér xià	I want to go down stream
	10.	找寻她的方向	zhǎo xún tā de fāng _xiàng_	To search for her
	11.	却见依稀仿佛	què jiàn yī xī fǎng fú	But she may be
	12.	她在水的中央	tā zài shuǐ de zhōng _yāng_	In middle of stream
III	13.	绿草萋萋	lǜ cǎo qī _qī_	Green grass is closely grown

	14.	白雾迷离	bái wù mí lí	White fog hard to see through
	15.	有位佳人	yǒu wèi jiā rén	A beautiful woman
	16.	靠水而居	kào shuǐ ér jū	Lives by stream
IV	17.	我愿逆流而上	wǒ yuàn nì liú ér shàng	I want to go up stream
	18.	与她轻言细语	yǔ tā qīng yán xì yǔ	To whisper softly in her ear
	19.	无奈前有险滩	wú nài qián yǒu xiǎn tān	But steep banks lie ahead
	20.	道路曲折无已	dào lù qū zhé wú yǐ	The way twists endlessly
	21.	我愿顺流而下	wǒ yuàn shùn liú ér xià	I want to go down stream
	22.	找寻她的足迹	zhǎo xún tā de zú jì	To search for her traces
	23.	却见仿佛依稀	què jiàn fǎng fú yī xī	But she may be
	24.	她在水中伫立	tā zài shuǐ zhōng zhù lì	On an islet in middle

伯兮

　　这首诗写的是一个女子在与其情人分离的时候，对情人表露心迹。第一个诗节押韵方式为AABB，A这个韵脚移到了倒数第二个字，因为最后一个字是感叹词"兮"。第二个诗节是

AAxA。接下来两节是 xAxA。

表格 10　伯兮

m62	1.	伯兮朅兮	bó xī qiè xī	Oh Bo, oh brave one
国风	2.	邦之桀兮	bāng zhī jié xī	Hero of the land
卫风	3.	伯也执殳	bó yě zhí shū	Bo holding lance
伯兮	4.	为王前驱	wéi wáng qián qū	Front rider of king
	5.	自伯之东	zì bó zhī dōng	Since Bo went east
	6.	首如飞蓬	shǒu rú fēi péng	Head like tumbleweed
	7.	岂无膏沐	qǐ wú gāo mù	Not that have no lotion to wash with
	8.	谁适为容	shuí shì wéi róng	Who should I look nice for
II	9.	其雨其雨	qí yǔ qí yǔ	Come rain, come rain
	10.	杲杲出日	gǎo gǎo chū rì	Sun shining brightly
	11.	愿言思伯	yuàn yán sī bó	Longing think of Bo
	12.	甘心首疾	gān xīn shǒu jí	Heart weary, head aches
	13.	焉得谖草	yān dé xuān cǎo	Where to get day-lily

	14.	言树之背	yán shù zhī *bèi*	Plant back of house
	15.	愿言思伯	yuàn yán sī bó	Longing think of Bo
	16.	使我心痗	shǐ wǒ xīn *mèi*	Brings pain to heart

就像前面诗中的"仲子"是家中的第二个儿子,这首诗中的男主人公"伯"是家中的大儿子。这是 3000 年当中都很常见的主题:女主人公和爱人分开之后无心打扮。现代也有两句俗语叫"士为知己者死,女为悦己者容"。这首诗中,伯参战未归,与女主人公没法相见,至少暂时是这样的,女主人公就失去了梳妆打扮以取悦爱人的动力。

第 13 行中的"谖草"也可以写作"萱草"。笔者按照威利的译法翻译为"day-lily"(黄花菜),中国人更多地叫"忘忧草"。

如果读者想要休息一下,不追求严格地一一对译,也可以改变一部分意象。陈匡武在 2011 年翻译之后给这首诗命名为《绒毛球》(*Fluff-ball*):

> Oh my love, he is so big and strong,
> 我的爱人,他是如此的高大强壮
> That he stood a head above the throng.
> 他在茫茫人海中独树一帜
> And the way he boldly held his pike,

他勇敢地握着长矛
As they marches before the King along!
走在国王之前

But to the East since now my love has gone,
但他去了东方，把我的爱也一起带走
My poor, poor hair is like a fluff-ball grown.
我可怜的头发也成了绒毛球
Lotions I have, of course, and unguents sweet,
当然，我还有化妆水、甜的软膏
But what's the sense, my trimming up, alone?
但我独自一人，修剪头发又有什么意义

We have been waiting, waiting for the rain,
一直的一直，我们都在期待雨天
But we have got the scorching sun instead.
等来的却是烈日炎炎
And I've been longing, longing for my love,
一直的一直，我也在等待我的爱人
To end up just with aching heart and head.
等来的却是心口和脑海的痛楚

Day lilies help one to forget, they say.
有人说，忘忧草会帮我忘记

So I'll find some and plant them by the wall.
于是我找到了忘忧草种在我的墙边
For all this longing, longing for my love
一直的一直,我等待着我的爱人
Has turned my once-sweet heart to bitter gall.
曾经的甜蜜早就变成了苦涩。

四牡

这首诗表达的是忠与孝的矛盾。古时候,中国人的个人道德水平由很多因素来评定。一种广为人知的版本是"八德","忠"然后是"孝"。忠,是指忠诚,在封建时期专指对君王的忠诚,在八德中居首位;孝,是指人对父母的奉献。这两种美德在中国社会的道德构建中有着基础性的地位。

表格 11 四牡

m162	1.	四牡骓骓	sì mǔ fēi *fēi*	Four stallions gallop forward
小雅	2.	周道倭迟	zhōu dào wēi *chí*	Zhou road winding and far
四牡	3.	岂不怀归	qǐ bù huái *guī*	Do I not long to return?

	4.	王事靡盬	wáng shì mǐ gǔ	King's business must not have mistakes
	5.	我心伤悲	wǒ xīn shāng bēi	My heart pained and sad
II	6.	四牡骓骓	sì mǔ fēi fēi	Four stallions gallop forward
	7.	啴啴骆马	tān tān luò mǎ	Exhausted are black-maned white horses
	8.	岂不怀归	qǐ bù huái guī	Do I not long to return?
	9.	王事靡盬	wáng shì mǐ gǔ	King's business must not have mistakes
	10.	不遑启处	bù huáng qǐ chǔ	No leisure to tarry or stay
III	11.	翩翩者雕	piān piān zhě zhuī	Flying are those doves
	12.	载飞载下	zài fēi zài xià	Flying and landing
	13.	集于苞栩	jí yú bāo xǔ	Settling on bushy oak
	14.	王事靡盬	wáng shì mǐ gǔ	King's business must not have mistakes
	15.	不遑将父	bù huáng jiāng fù	No leisure for father

IV	16.	翩翩者鵻	piān piān zhě zhuī	Flying are those doves
	17.	载飞载止	zài fēi zài zhǐ	Flying and landing
	18.	集于苞杞	jí yú bāo qǐ	Settling on bushy willow
	19.	王事靡盬	wáng shì mǐ gǔ	King's business must not have mistakes
	20.	不遑将母	bù huáng jiāng mǔ	No leisure for mother
V	21.	驾彼四骆	jià bǐ sì luò	I drive those four horses
	22.	载骤骎骎	zài zhòu qīn qīn	Galloping swiftly
	23.	岂不怀归	qǐ bù huái guī	Do I not long to return?
	24.	是用作歌	shì yòng zuò gē	Therefore make this song
	25.	将母来谂	jiāng mǔ lái shěn	To tell how much I miss mother

这首诗中体现了忠、孝这两种美德，描绘了诗人在战争中争先恐后为国王服务的情景。鸽子们时不时停下来在橡树和柳树上休息，即使诗人的四匹公马已经筋疲力尽了，诗人还是没有停住脚步。他不断提醒自己要将王事做到完美。同时，在诗的第一节中，他说出了深藏的心事：他很想回到父母身边。同样地，这种矛盾体现在俗语"忠孝不能两全"上。这首诗中，

诗人把为王尽忠放在第一位。

南山

齐国和鲁国这两个古代政权都位于今天的山东省。汶水之北是齐国，汶水之南是鲁国。可以参见图3。这首诗以齐国女子要嫁给鲁国男子开始，主题是这桩婚姻已经遵循了所有的传统步骤，别的男人就没有理由再去追求这位女子了。

这里非常有趣的是对于古代中国婚姻习俗的描述：通过媒妁之言和父母之命（第三、第四节）。第7行中提到的葛鞋在《葛屦》和《大东》中也有记载，这种鞋在雪中行走会很有用。根据《说苑》[①]当中一则有名的小故事，送这种结婚礼物的习俗在某些地区一直持续到中国汉代。

诗中运用了各种各样带有暗示性的象征物。第一节中的"南山"暗示了鲁国的强大国力。"狐"暗示了迎娶这位齐国女子的新郎。第三节的"衡从其亩"可能暗示了行为要符合规范。第四节的"匪斧不克"可能暗喻了某些极端的行为。最后的两行以及每一节的结尾传达出本诗的信息：既然她已经按照正规程序嫁给了别人，你为什么还追求她呢？

表格13中列出了普通话和英文的翻译，与表格12中有些

[①]《说苑》由西汉刘向编辑，是一种有价值的资料，记载了上古时代的故事。

微妙的不同。许渊冲与姜胜章翻译时吸收了传统的解读,把新娘与历史人物文姜相对应——见第4行(表格13)的普通话翻译。事实上,他们在翻译时将标题改为"乱伦",声称这是文姜与齐襄公之间不合法的关系,并在翻译的最后一行重复出现。然而,高本汉[①]认为将诗与历史事件联系在一起的证据并不充分。威利也没有提到乱伦。其实这首诗若不附上如此的历史解读,也完全可以欣赏。

表格 12　南山

m101	1.	南山崔崔	nán shān cuī *cuī*	Southern mountain rugged and high
国风	2.	雄狐绥绥	xióng hú suí *suí*	Male fox walks slowly
齐风	3.	鲁道有荡	lǔ dào yǒu dàng	Road to Lu broad and easy
南山	4.	齐子由归	qí zǐ yóu *guī*	Lady from Qi to her new home
	5.	既曰归止	jì yuē *guī* zhǐ	Since she has new home
	6.	曷又怀止	hé yòu *huái* zhǐ	Why still yearn for her?
II	7.	葛屦五两	gé jù wǔ *liǎng*	Fiber shoes five pairs

---

① 高本汉,*The Book of Odes*,1950:65。

	8.	冠緌双止	guān ruí *shuāng* zhǐ	Cap pendant one pair
	9.	鲁道有荡	lǔ dào yǒu *dàng*	Road to Lu broad and easy
	10.	齐子庸止	qí zǐ *yōng* zhǐ	Lady from Qi has used them
	11.	既曰庸止	jì yuē *yōng* zhǐ	Since she has used them
	12.	曷又从止	hé yòu *cóng* zhǐ	Why still follow her?
III	13.	艺麻如之何	yì má rú zhī hé	To plant hemp, how is it done?
	14.	衡从其亩	héng cóng qí *mǔ*	Make furrows on acre
	15.	取妻如之何	qǔ qī rú zhī hé	To take wife, how is it done?
	16.	必告父母	bì gào fù mǔ	Must announce to her father and mother
	17.	既曰告止	jì yuē *gào* zhǐ	Since announcement is made
	18.	曷又鞠止	hé yòu *jū* zhǐ	Why still continue fretting?
IV	19.	析薪如之何	xī xīn rú zhī hé	To split wood, how is it done?
	20.	匪斧不克	fěi fǔ bù *kè*	Without ax cannot do it

	21.	取妻如之何	qǔ qī rú zhī hé	To take wife, how is it done?
	22.	匪媒不得	fěi méi bù *dé*	Without matchmaker cannot obtain her
	23.	既曰得止	jì yuē *dé* zhǐ	Since she has been obtained
	24.	曷又极止	hé yòu *jí* zhǐ	Why still go to extremes?

表格13 南山——另一种翻译（许渊冲、姜胜章译，《诗经》）

m101	1.	南山崔崔	巍巍南山高又大	The southern hill is great
国风	2.	雄狐绥绥	雄狐步子慢慢跨	A male fox seeks his mate
齐风	3.	鲁道有荡	鲁国大道坦荡荡	The way to Lu is plain
南山	4.	齐子由归	文姜由这去出嫁	Your sister with her train
	5.	既曰归止	既然她已嫁鲁侯	Goes to wed Duke of Lu
	6.	曷又怀止	为啥你还想着她	Why should you go there too?
II	7.	葛屦五两	葛鞋两只双双放	The shoes are made in pairs
	8.	冠绥双止	帽带一对垂颈下	And strings of gems she wears
	9.	鲁道有荡	鲁国大道平坦坦	The way to Lu is plain

	10.	齐子庸止	文姜由这去出嫁	Your sister goes to reign
	11.	既曰庸止	既然她已嫁鲁侯	And wed with Duke of Lu
	12.	曷又从止	为啥你又盯上她	Why should you follow her too?
III	13.	艺麻如之何	农家怎么种大麻	For hemp the ground is ploughed and dressed
	14.	衡从其亩	田垄横直有定法	From south to north, from east to west
	15.	取妻如之何	青年怎么娶妻子	When a wife comes to your household
	16.	必告父母	必定先要告爹妈	Your parents should be told
	17.	既曰告止	告了爹妈娶妻子	If you told your father and mother
	18.	曷又鞠止	为啥还要放纵她	Should your wife go back to her brother?
IV	19.	析薪如之何	想劈木柴靠什么	How is the firewood split?
	20.	匪斧不克	不用斧头没办法	An ax can sever it
	21.	取妻如之何	想娶妻子靠什么	How can a wife be won?
	22.	匪媒不得	没有媒人别想她	With go-between it's done

| | 23. | 既曰得止 | 既然妻子娶到手 | To be your wife she's vowed |
| | 24. | 曷又极止 | 为啥让她到娘家 | No incest is allowed |

"乱伦"从词源学上可以分析为"失贞"。与基因上有紧密联系者发生性行为,在现代社会早已令人不齿,在古代却有不少引人注目的例外,比如埃及法老。许多宗教规定都禁止此类性行为,尽管规定的细节有所不同。然而生物学上,家庭成员之间的性行为在大量对俄狄浦斯(恋母)情结及对精神分析作品的类似讨论中,拥有强大的解释力。

有趣的是,神话中许多有名的故事正是建立在乱伦的基础上。西方文化一个广为人知的例子是宙斯化作大雨倾盆时全身湿透的杜鹃,出现在自己的姐妹赫拉面前。当赫拉把杜鹃放到自己的怀里取暖时,宙斯恢复了原本的样子,侵犯了她并娶了她。

另一个同样有名的中国神话故事是伏羲娶了自己的妹妹女娲。伏羲神据说给人类带来了农业。女娲则炼石补天并止住了洪水,[1] 她用陶土捏出了第一个人,区分为两种性别,人类才得以繁衍。[2]

---

[1] 中国古代神话的一个来源是《淮南子》;许多古代神话可以追溯到《山海经》。
[2] 中国另一个创世神话是盘古神话。盘古自宇宙混沌时从卵中长大。等到卵破碎了,他的头成了天空,脚成了大地。关于这个神话的最近研究,参见王晖:《盘古考源》,《历史研究》2(2002):3-19。

图 15　伏羲手持矩，女娲手持规
一个中国创世神话，唐代绢本设色，存于新疆维吾尔自治区博物馆。

图 15 是唐代画在丝质卷轴上的一幅画，保存在新疆维吾尔自治区博物馆。女娲在左边，拿着圆规，伏羲在右边，手持矩。他们上面是太阳，下面是月亮，传达出了这对远古夫妻在规范宇宙时的地位。

这幅画最引人注目的是他们的上身像是人类，但是下半身均为蛇形，互相交绕。半人半兽混合的生物在希腊神话中也是一个突出的主题：半人马（人马座）与马、半人半羊（潘神）与羊、美人鱼与鱼等。在整个南亚到处存在的是印度教神祇伽内什（Ganesha）的形象，以大象的头来装饰。或许东亚最著名的虚构形象就是麒麟。它是一种神兽，是由龙头、鱼鳞、

图 16　麒麟
麒麟是中国神话中的一种混合生物,在非常吉祥的场合才会出现。

马蹄①组成。图 16 是一个麒麟香炉。

人们认为麒麟的形象很吉利,与圣人或者智者的降临有关。比如,据说麒麟在孔子诞生时出现了。麒麟被日本人用来做一种很受欢迎的啤酒的商标 Kirin,是根据日语发音而来的。

在中国,考古学家惊喜地发现:新石器时代半坡遗址(公元前 4000 年)中有一件彩陶鱼纹盆,鱼身人脸。或许中国民间文化中,最难忘的混合生物就是护送唐僧赴天竺取经的两个徒弟——孙悟空和猪八戒,他们因小说《西游记》②(明代出

---

① 麒麟在公元前几百年的中国文献中已被提到。当明代伟大的航海家郑和从索马里带回来两只长颈鹿时,很多人把这种异域动物看成麒麟。事实上,在日本和韩国,长颈鹿也被叫作麒麟。因为麒麟神圣的地位,西方有时也把它和独角兽联系在一起。
② 权威的《西游记》英译本已经由余国藩完成,芝加哥大学出版社出版。

版）而不朽。在古代世界，人类与动物王国有更强的亲和力和联系。

图 15 展示的特例，让人想起有些猴子会成对地从高高的树枝上垂下长尾巴，两条尾巴紧紧缠在一起。我们或许可引入一个现代的象征物：下半身互相缠绕暗示了性结合，也让人想起科学家在探索基因繁殖的过程中发现的双螺旋结构！正是在 DNA 一起缠绕的过程中，制造新生命的秘诀才被男性和女性共享。

在古代中国，乱伦与统治道德行为之"伦"①的概念相关。近亲之间的性行为触犯了伦理，被称为"不伦"或"乱伦"，最早在周代已被视为不合法。在古代乱伦关系被怀疑生育力弱，并且容易导致生理缺陷。②当时有名的禁令叫作"同姓不婚"，意思是同一个姓的人不允许结婚。但随着中国的人口爆炸式增长，上百万家庭也可能都是同一个姓，这条禁令渐渐被忽视。

许多哺乳动物本能地避免近亲繁殖。随着遗传学知识的发展，我们现在也理解了有高度相似基因组的个体之间发生性行为产下的后代，会增加携带有害隐性基因的可能性。除了自发性流产、先天性发育异常等其他疾病，我们现在还知道了携带

---

① 传统伦理学中，"伦"包含五种关系：君臣、父子、夫妻、兄弟、朋友。
② 比较下列古代文献中的记载："同姓不婚，惧不殖也"（《国语·晋语四》）与"男女同姓，其生不蕃"（《左传·僖公二十三年》）。

高度相似免疫系统的双亲生下的孩子更易于得传染病。

像家庭成员那样，生活的接近，造成很深的感情，这种感情可能会引发性吸引力。但是这种性吸引力会产生严重的后果，就像古代中国人说的那样。随着生物学与社会科学①的发展，现在，我们更了解围绕乱伦这个话题可能造成的恐慌。

木瓜

根据高本汉的观点，我将第一行的"木瓜"翻译为"quince"（蔷薇科植物榅桲），但现在"木瓜"指的却是一种热带水果。"瓜"在现代用语中成了一种概括的词汇，指不长在树上的水果和蔬菜，如西瓜、冬瓜、南瓜等。还有丝瓜，我们会在《绵》中看到。

表格 14　木瓜

m64	1.	投我以木瓜	tóu wǒ yǐ mù *guā*	Threw me a quince
国风	2.	报之以琼琚	bào zhī yǐ qióng *jū*	Gave a gem of ju in return

---

① 在台湾，关于这个话题有一些有趣的纵向研究，参见 Wolf, Arthur P., *Sexual Attraction and Childhood Association: A Chinese Brief for Edward Westermarck*, Stanford University Press，1995。芬兰学者爱德华·韦斯特马克(Edward Westermarck)提出了一种假说：生命最初几年住得接近的孩子对于后来的性吸引力不敏感。

卫风	3.	匪报也	fěi bào yě	Not just a return gift
木瓜	4.	永以为好也	yǒng yǐ wéi hǎo yě	But as love forever
II	5.	投我以木桃	tóu wǒ yǐ mù táo	Threw me a peach
	6.	报之以琼瑶	bào zhī yǐ qióng yáo	Gave a gem of yao in return
	7.	匪报也	fěi bào yě	Not just a return gift
	8.	永以为好也	yǒng yǐ wéi hǎo yě	But as love forever
III	9.	投我以木李	tóu wǒ yǐ mù lǐ	Threw me a plum
	10.	报之以琼玖	bào zhī yǐ qióng jiǔ	Gave a gem of jiu in return
	11.	匪报也	fěi bào yě	Not just a return gift
	12.	永以为好也	yǒng yǐ wéi hǎo yě	But as love forever

这首诗说明了一个常见的主题：爱情的基础就是给予的比得到的更多，就像以玉石交换水果。尽管桃子和李子今天是常见的水果了，但它们在古代中国曾经很受重视，经常作为礼物。另一个例子在《抑》中，它们也被作为礼物互相交换。①

原始文本并没有包含两人性别的确切信息。我所看过的各种翻译版本都假定了是一个女孩扔水果，而男孩用珍贵的玉回

---

① 桃子和李子也在俗语"桃李满天下"中一起使用，是对教师的学生遍布天下的赞美。

报，很可能这更有道理。中国文化中从古至今，玉都被视为宝石。诗中提到的"琚""瑶""玖"是玉中几种不同的类型。人们相信某些种类的玉具有神奇的属性，可以辟邪或者强身健体。参见图 7 中商代的玉器样品。

缁衣

本诗的每一行都是以语气词"兮"结尾的，因此押韵的韵脚落在了倒数第二个字上。押韵形式非常简单：每一节第 1 行和第 2 行押韵，第 3 行和第 4 行押韵。

表格 15　缁衣

m75	1.	缁衣之宜兮	zī yī zhī *yí* xī	How well black robe fits
国风	2.	敝予又改为兮	bì yú yòu gǎi *wéi* xī	When torn I will mend it
郑风	3.	适子之馆兮	shì zǐ zhī *guǎn* xī	While you are away at office
缁衣	4.	还予授子之粲兮	huán yú shòu zǐ zhī *càn* xī	I will prepare food for when you return
II	5.	缁衣之好兮	zī yī zhī *hǎo* xī	How nice black robe looks
	6.	敝予又改造兮	bì yú yòu gǎi *zào* xī	When torn I will remark it

	7.	适子之馆兮	shì zǐ zhī *guǎn* xī	While you are away at office
	8.	还予授子之粲兮	huán yú shòu zǐ zhī *càn* xī	I will prepare food for when you return
III	9.	缁衣之席兮	zī yī zhī *xí* xī	How comfortable black robe looks
	10.	敝予又改作兮	bì yú yòu gǎi *zuò* xī	When torn I will repair it
	11.	适子之馆兮	shì zǐ zhī *guǎn* xī	While you are away at office
	12.	还予授子之粲兮	huán yú shòu zǐ zhī *càn* xī	I will prepare food for when you return

本诗主题很简单：一位体贴的妻子表达对丈夫饮食和服饰的关心。在许多传统社会，包括古代中国，女性的领地主要是她为家人所营造的家。在一些正式场合，说到妻子，要称"内人"。这种依据领地划分的称呼越来越少，因为越来越多现代社会的女性参加了工作，因而社会关系和相关的语言也随之改变。

值得注意的是，这首诗对"缝纫"有所涉及。传统上，缝纫及其派生的刺绣艺术叫作"女红"。传统中国，教育普及女性之前，男人在选择妻子时，女红是否优秀是很重要的标准。

鸡鸣

本诗韵脚落在每一行的最后一个字上,结尾是语气词"矣"时落在倒数第二个字上。最后一个诗节与前面不同,押韵方式为 AAxA。

表格 16　鸡鸣

m96	1.	鸡既鸣矣	jī jì *míng* yǐ	Cock has crowed
国风	2.	朝既盈矣	cháo jì *yíng* yǐ	Court is full
齐风	3.	匪鸡则鸣	fěi jī zé *míng*	Not cock that crowed
鸡鸣	4.	苍蝇之声	cāng yíng zhī *shēng*	Flies were buzzing
II	5.	东方明矣	dōng fāng *míng* yǐ	East is bright
	6.	朝既昌矣	cháo jì *chāng* yǐ	Court in full swing
	7.	匪东方则明	fěi dōng fāng zé *míng*	Not east is bright
	8.	月出之光	yuè chū zhī *guāng*	Light of rising moon
III	9.	虫飞薨薨	chóng fēi hōng *hōng*	Insects are flying
	10.	甘与子同梦	gān yǔ zǐ tóng *mèng*	Sweet to lie dreaming with you

| 11. | 会且归矣 | huì qiě guī yǐ | Court will adjourn soon |
| 12. | 无庶予子憎 | wú shù yú zǐ *zēng* | Let us not be maligned |

    这首诗写的是《诗经》中反复出现、世界文学中也反复出现的主题：情人在私密环境中幽会。表格 7 的《野有死麕》写到了情人在树林中约会的类似情况。第 1、第 2 行，第 5、第 6 行是女子说的，她认为她的情人应该上朝工作。她说鸡叫了，太阳也升起来了。回答她的是第 3、第 4 行和第 7、第 8 行，男人说：声音来自苍蝇的嗡嗡叫，光亮来自月亮。事实上，和情人懒洋洋地躺在温暖的被窝里是早晨最甜蜜的一部分。最后，女子催促他回归工作，否则会有人说他们的闲话。

    有趣的是，同形异义会导致这首诗不同的诠释。第 2 行的第一个字在第 6 行又重复出现，可以发两种不同的音。朝，音 zhāo 的时候，意思是"早晨"；因此威利将第二行翻译为"天已经亮了"（It is full daylight）。音 cháo 的时候，有一个专门的意思，指官员的公务，特指皇帝会见大臣的地点。在表格 16 中，我和高本汉及其他一些学者选择了后一种理解。

氓

这首长诗的押韵是复杂多变的,这里我们不会做具体分析。前两个诗节每行都押同一个韵。第三个诗节遵从 AABCCDCD 的形式。第四个诗节为 AABBBBCC 的形式。第五个诗节只有五句押韵,形式是 AABBB。最后一个诗节的类型是 AAAAAAAABB。

表格 17　氓

m58	1.	氓之蚩蚩	méng zhī chī *chī*	Simple and jolly man
国风	2.	抱布贸丝	bào bù mào *sī*	Brought cloth to barter for thread
卫风	3.	匪来贸丝	fěi lái mào *sī*	But you had not come for thread
氓	4.	来即我谋	lái jí wǒ *móu*	You came with plans for me
	5.	送子涉淇	sòng zǐ shè *qí*	I saw you off across the Qi
	6.	至于顿丘	zhì yú dùn *qīu*	As far as Dun hill
	7.	匪我愆期	fěi wǒ qiān *qī*	Not that I procrastinated

	8.	子无良媒	zǐ wú liáng méi	You had no matchmaker
	9.	将子无怒	qiāng zǐ wú nù	Please do not be angry
	10.	秋以为期	qiū yǐ wéi qī	Let us wait till autumn
II	11.	乘彼垝垣	chéng bǐ guǐ yuán	Climbed up the old city wall
	12.	以望复关	yǐ wàng fù guān	To wait for his return
	13.	不见复关	bù jiàn fù guān	Could not see his return
	14.	泣涕涟涟	qì tì lián lián	Tears gushed forth
	15.	既见复关	jì jiàn fù guān	When I saw his return
	16.	载笑载言	zài xiào zài yán	I laughed and chattered
	17.	尔卜尔筮	ěr bǔ ěr shì	You divined with oracle bone and yarrow sticks
	18.	体无咎言	tǐ wú jiù yán	They showed nothing inauspicious
	19.	以尔车来	yǐ ěr chē lái	You came with carriage
	20.	以我贿迁	yǐ wǒ huì qiān	Carried me away and dowry

III	21.	桑之未落	sāng zhī wèi *luò*	Mulberry trees not shed
	22.	其叶沃若	qí yè wò *ruò*	How glossy their leaves
	23.	于嗟鸠兮	Xū jiē jiū xī	Oh you doves
	24.	无食桑葚	wú shí sāng *shèn*	Do not eat the mulberries
	25.	于嗟女兮	Xū jiē nǚ xī	Oh you women
	26.	无与士耽	wú yǔ shì *dān*	Do not take pleasure with men
	27.	士之耽兮	shì zhī *dān* xī	Men take their pleasures
	28.	犹可说也	yóu kě *tuō* yě	Can be condoned
	29.	女之耽兮	nǚ zhī *dān* xī	Women take their pleasures
	30.	不可说也	bù kě *tuō* yě	Cannot be condoned
IV	31.	桑之落矣	sāng zhī luò yǐ	Mulberry trees have shed
	32.	其黄而陨	qí huáng ér *yǔn*	Yellow and seared
	33.	自我徂尔	zì wǒ cú ěr	Since I came to you
	34.	三岁食贫	sān suì shí *pín*	Three years I have eaten poverty

	35.	淇水汤汤	qí shuǐ shāng *shāng*	Qi's waters were high
	36.	渐车帷裳	jiān chē wéi *cháng*	Wetted curtains of carriage
	37.	女也不爽	nǚ yě bù *shuǎng*	Woman has not failed
	38.	士贰其行	shì èr qí *xíng*	Man has changed ways
	39.	士也罔极	shì yě wǎng *jí*	Man has been unfaithful
	40.	二三其德	èr sān qí *dé*	Casting about, this way and that
V	41.	三岁为妇	sān suì wéi fù	Three years I was your wife
	42.	靡室劳矣	mǐ shì *láo* yǐ	Never neglected my work
	43.	夙兴夜寐	sù xīng yè mèi	Rose early and retired late
	44.	靡有朝矣	mǐ yǒu *zhāo* yǐ	Never had a leisurely morning
	45.	言既遂矣	yán jì suì yǐ	My words have been kept
	46.	至于暴矣	zhì yú *bào* yǐ	But you treat me roughly
	47.	兄弟不知	xiōng dì bù zhī	My brothers do not know this

	48.	咥其笑矣	xì qí *xiào* yǐ	They jeer and laugh
	49.	静言思之	jìng yán sī zhī	Silently I brood over it
	50.	躬自悼矣	gōng zì *dào* yǐ	I grieve for myself
VI	51.	及尔偕老	jí ěr xié lǎo	We were to grow old together
	52.	老使我怨	lǎo shǐ wǒ *yuàn*	Growing old makes me resent
	53.	淇则有岸	qí zé yǒu *àn*	Qi has its banks
	54.	隰则有泮	xí zé yǒu *pàn*	Swamps have their shores
	55.	总角之宴	zǒng jiǎo zhī *yàn*	When we were young
	56.	言笑晏晏	yán xiào yàn *yàn*	We laughed and talked
	57.	信誓旦旦	xìn shì dàn *dàn*	We promised to each other
	58.	不思其反	bù sī qí *fǎn*	Never thought it could be changed
	59.	反是不思	fǎn shì bù *sī*	Change I never thought of
	60.	亦已焉哉	yì yǐ yān *zāi*	Yet now it is all over

这首诗是以一个弃妇的口吻讲述一段失败的婚姻，读起来很令人心酸，作者以一种写实的方式来展开，从恋爱到结婚到两人忍受贫穷到分开到丈夫休妻。即使是通过以上大体的翻译，读者与讲述者一同经历了讲述者的人生后，也会很容易跟着讲述者的感情起伏。

这首诗的名字叫《氓》(méng)，"氓"这个字有很多诠释方法，它的左边是"亡"，是声旁；右边是"民"，代表"人民"的意思。现代语言中"氓"(máng)主要在复合词"流氓"中出现，意思近于漂泊者或者是恶棍，但"氓"在这里的读音使用了不同的元音。声旁"亡"增加了复合语义效果，氓本身就有类似"失去"的意思。这首诗中，"氓"指的是丈夫，可能不具有赞美意味。

第三节和第四节中桑树的象征义有两个方面。当桑树郁郁葱葱时，这个形象是美好的，暗示了婚姻的开始。叶子变黄掉落的时候，这个形象代表了婚姻的瓦解。诗里提醒斑鸠不要吃桑树的果实，因为可能有毒。失去方向的鸟儿常常失去了导航与正确飞行的能力。这也是一种警示：女子不能被男人引诱，男人可能会虐待并抛弃她们。这里要指出"桑"与"丧"同音，也增加了全文的悲剧色彩。

开头是有吉兆出现。在第 17 行，丈夫用甲骨和蓍草进行占卜，看上去是吉利的。这告诉我们甲骨占卜不只限于王室，就像我们看到妇好分娩时使用甲骨占卜，或者是占卜搬迁到哪里，如同我们在《绵》中看到的。另一个吉兆在第 35 行和第 36 行。淇水多到浸湿了车帘，暗示两人的结合会多子多孙。最后一节对自己的纯真年代进行了简短的倒叙，最终以忧伤的无奈结尾。

尽管写这首诗不是为了代表社会提出抗议，但男女地位的不平等却显露无疑。像妇好那样的女战士是极少的特例。当男人和女人都变了心，社会给男人更大的回旋余地，现在也是一样。

第八章

死亡的不公

接下来一首是《黄鸟》。① 前文提到了这首诗是为抗议秦穆公死时以大臣殉葬而创作的。秦穆公的名字在第 3 行、第 15 行、第 27 行都出现了。历史上记载穆公死于公元前 621 年,因此我们判定这首诗的创作时间也可以比较确切。三位殉葬的大臣——奄息、仲行和鍼虎都是子车家的优秀人才,和其他一百多个不幸的人一起被活埋了。

"车"字作为姓,可以在第 4 行、第 16 行、第 28 行看到,音 jū,现代读音是 chē。这是一字多音的例子,也称"文白异读"。这里,"车"(jū) 是从古代流传下来的文读音,也是中国象棋的一个棋子名。之前在表格 2 中我们阅读了李白的诗,bó 也是"白"字的文读音,今读 bái。这种双重读音的现象在南方方言中更多,不少书面读音是从北方传来的。

举例来说,上海话里,"大学"音 [dahɔ],[da] 是"大"的文读音,[hɔ] 是"学"字读音。"大学生"发音为 [dahɔsā],是大学的学生。另外,口语中"大"是 [du],"学生"还是 [hɔsā],连在一起也可以表示"大的学生"。因此"大学生"有两种读法。发音为 [dahɔsā] 意思是"大学学生";发音为 [duhɔsā] 意思是"大的学生"。

这首诗的三个诗节中,每节都可分为两部分。每节的第一部分指出受害者的名字并赞扬其杰出的品质,押韵形式为

---

① 《小雅》有一首同名诗叫《黄鸟》,与本诗主题完全不同。

xAxAAA。每节的第二部分是表示哀叹,逐字重复,押韵形式为 BBCCxC。

诗中的黄鸟有时候被译为"黄莺"。此处是一种象征手法,用鸟儿的自由反衬出三个受害者只能殉葬、走向死亡的命运。第 10 行、第 22 行、第 34 行的"良人"也有"丈夫"的意思,今人还不清楚这首诗里是否有这个意思。

表格 18　黄鸟

m131	1.	交交黄鸟	jiāo jiāo huáng niǎo	Back and forth the yellow birds
国风	2.	止于棘	zhǐ yú jí	Settle on the jujube trees
秦风	3.	谁从穆公	shuí cóng mù gōng	Who follows Mugong
黄鸟	4.	子车奄息	zǐ jū yǎn xī	Yanxi from the Ziju clan
	5.	维此奄息	wéi cǐ yǎn xī	Now this Yanxi
	6.	百夫之特	bǎi fū zhī tè	Is the champion of a hundred men
	7.	临其穴	lín qí xué	When approach the pit
	8.	惴惴其栗	zhuì zhuì qí lì	Terrified is his trebling
	9.	彼苍者天	bǐ cāng zhě tiān	That blue heaven

	10.	歼我良人	jiān wǒ liáng rén	It kills our good man
	11.	如可赎兮	rú kě shú xī	If we could redeem him
	12.	人百其身	rén bǎi qí shēn	His worth a hundred others
II	13.	交交黄鸟	jiāo jiāo huáng niǎo	Back and forth the yellow birds
	14.	止于桑	zhǐ yú sāng	Settle on the mulberry trees
	15.	谁从穆公	shuí cóng mù gōng	Who follows Mugong
	16.	子车仲行	zǐ jū zhòng háng	Zhonghang from the Ziju clan
	17.	维此仲行	wéi cǐ zhòng háng	Now this Zhonghang
	18.	百夫之防	bǎi fū zhī fáng	Is the match of a hundred men
	19.	临其穴	lín qí xué	When approach the pit
	20.	惴惴其栗	zhuì zhuì qí lì	Terrified is his trebling
	21.	彼苍者天	bǐ cāng zhě tiān	That blue heaven
	22.	歼我良人	jiān wǒ liáng rén	It kills our good man
	23.	如可赎兮	rú kě shú xī	If we could redeem him

	24.	人百其身	rén bǎi qí *shēn*	His worth a hundred others
III	25.	交交黄鸟	jiāo jiāo huáng niǎo	Back and forth the yellow birds
	26.	止于楚	zhǐ yú *chǔ*	Settle on the thorn trees
	27.	谁从穆公	shuí cóng mù gōng	Who follows Mugong
	28.	子车铖虎	zǐ jū qián *hǔ*	Qianhu from the Ziju clan
	29.	维此铖虎	wéi cǐ qián *hǔ*	Now this Qianhu
	30.	百夫之御	bǎi fū zhī *yù*	Is the sturdiest of a hundred men
	31.	临其穴	lín qí *xué*	When approach the pit
	32.	惴惴其栗	zhuì zhuì qí *lì*	Terrified is his trebling
	33.	彼苍者天	bǐ cāng zhě *tiān*	That blue heaven
	34.	歼我良人	jiān wǒ liáng *rén*	It kills our good man
	35.	如可赎兮	rú kě shú xī	If we could redeem him
	36.	人百其身	rén bǎi qí *shēn*	His worth a hundred others

第九章

红颜祸水与神秘的诞生

秦统一之前的时代通常称为"三代",即夏、商、周。关于夏代的知识目前尚不能确认,但是许多学者相信夏文化与河南二里头文化遗址有关。一般来说,夏自公元前21世纪开始。自商代开始,我们有着丰富的历史资料,或者以甲骨文和青铜铭文的形式,或者以传世文献的形式,意味着3000年前中国的历史编纂学的发端。因此,虽然大众认为中国"上下五千年",但信史的开始要晚很多。

传统历史书很简略,只是记录中央政权单线接替,就像三代:夏→商→周。但实际上,具体的情形会复杂得多。很多政权同时在中国广阔的大地上分散地存在着。这是正确的,尤其许多民族在文字出现之前并没有任何书面记录。这些政权之间的通信和交通自然也会受到很大的限制,彼此的交流被空间和时间框住。因此,我们对于这种线性交替的传统记载应该用更复杂、更微妙的视角来看待。

夏朝的第一个皇帝是禹。他因治理黄河、防止黄河泛滥的功绩而在历史上留下了浓墨重彩的一笔。大洪水母题在许多文化中都出现过,有的是以河水泛滥的形式,有的是以《圣经》中暴雨大作的形式。禹在《诗经》的许多诗中出现过,①"颂"当中最多。绝大多数人没能掌握"治水"的方法,禹的父亲鲧也属于这类人。他曾试着用高堤堵住大水,但徒劳无功。禹则是

---

① 《谷风》《文王有声》《韩奕》《闵宫》《长发》《殷武》。

在规划好的地方修建河道疏导水流。传说中,禹为人民做出的贡献使他获得了民众的赞扬,最终得到了王位。但是大约5个世纪之后,他的后代桀是一个放荡的暴君,失去了"天命",夏朝灭亡了。

国王因与后妃不道德的行为而失去天命是中国朝代更迭中常出现的主题。古人将夏的灭亡归罪于桀和他的女人——妹喜。接下来,将商的覆灭归罪于纣和他的女人——妲己。中国历史中的"红颜祸水",妲己可能是最声名狼藉的。她的各种恶行在小说《封神演义》里有着详细记载,而这本小说在中国流传极其广泛。在小说中,她的真实身份是可以幻化为人形的狐狸精,被贤臣姜子牙揭露了真面目。姜子牙是小说的主人公之一,他可以使狐狸精现出原形并且除掉狐狸精。

接下来的周朝也有红颜祸水的例子。褒姒的美丽令周幽王着迷。有个故事说周幽王为了能博褒姒一笑,点燃了烽火骗他的盟友们。盟友们误以为王朝受到攻击,急忙带兵前来保护,却发现是个骗局,对周幽王非常失望。周朝就这样在他们不道德也不负责任的恶作剧中严重削弱了。当周朝的都城不足以抵御西边的好战部落时,周朝的同盟军不想再受到周幽王与褒姒的戏弄,没有来帮忙保卫周王朝。这个故事很像西方"狼来了"的寓言,但上升到了国家存亡的层次。周幽王总喊"狼来了"的结果就是周朝都城镐京被洗劫一空,最后只得迁都洛阳。公元前771年具有划时代的意义,这一年之前叫作西周,之后叫作东周。尽管周朝迁都后仍然以"周"的名义维持了几百年，但整个国家威望下降，分裂为各个拥有独立军事力量的地域性政权，直到公元前221年，秦始皇才又一次统一了中国。

在以上三个例子中，国家灭亡的主要原因被归于那些红颜祸水，即被人们厌恶地称为"狐狸精"的女性。有趣的是，英文中有吸引力的女性有时也用"foxy"（如狐的，性感的）一词来形容。自古以来，中国就有"红颜祸水"的观念，认为女性是一切祸患的来源，其实这种想法根本没有历史证据。还有个说法叫"美人计"，就是把美女送给敌人让他沉迷其中的策略。与此有关的还有"英雄难过美人关"的说法。

与红颜祸水论同时出现的，还有三代文化中超自然的事件发生预示着伟大英雄的诞生。这体现在夏、商、周三代的始祖以及英雄身上。夏代的祖先禹从一个嵌在石头中的蛋中出生。据说这块石头是大禹的父亲鲧死后化成的。[1] 石头中出生也在另一个著名小说《西游记》中出现过。人们非常喜欢的小说主人公之一孙悟空，也是从一大块石头中出生的。这两个例子都讲了石头裂开之后，英雄从中诞生的情节。

商人的祖先和周人的祖先也是在超自然的情况下诞生的。

---

[1] Bodde, Derk. *Chinese Thought, Society, and Science*（1991:399）中对这个神话的讨论更为细致。扬雄《蜀王本纪》较早记载了大禹的出生地在四川："禹本汶山郡广柔县人也，生于石纽。"参见 Li, Feng & David P. Branner (eds)，*Writing and Literacy in Early China*, 2011:63-76。其中介绍了最近发现的青铜器及其与上述问题的关联。

我们很快会在《玄鸟》和《生民》中看到。商人祖先名叫契，据说是其母简狄吞下一只黑鸟落下的蛋后生下了他，这首诗也是因此得名。契之后很多代，其后裔商汤打败了腐朽的夏桀，建立了商朝，起止时间约为公元前 16 世纪到公元前 11 世纪。

《生民》中叙述了周人祖先后稷的诞生：他的母亲姜嫄不小心踩到上帝的足迹后怀孕生下了他。在讨论过《玄鸟》之后，我们会继续讨论这首诗。

玄鸟

《玄鸟》标题即"黑色的鸟"。这首诗从"天命"的概念展开。"天命"，意为"受命于天"，上天授命于有杰出的道德和才干的领导者。领导者要对父母孝顺，对朋友始终忠诚，能够获得民众的赞誉和支持。"受命"是上天对现实政权的裁决。当一个朝代最后一个统治者因道德败坏丧失了天命，一个新朝代的统治者会走上政治舞台，成为新的天子。

表格 19　玄鸟

m303	1.	天命玄鸟	tiān mìng xuán niǎo	Heaven bade black bird
商颂	2.	降而生商	jiàng ér shēng <u>shāng</u>	Descend and bear Shang

玄鸟	3.	宅殷土芒芒	zhái yīn tǔ máng *máng*	Dwelling in spacious land of Yin
	4.	古帝命武汤	gǔ dì mìng wǔ *tāng*	Long ago god bade martial Tang
	5.	正域彼四方	zhèng yù bǐ sì fāng	Rectify territory four directions
II	6.	方命厥后	fāng mìng jué hòu	Bade him to be lord
	7.	奄有九有	yǎn yǒu jiǔ *yǒu*	Govern nine spheres
	8.	商之先后	shāng zhī xiān hòu	Early lords of Shang
	9.	受命不殆	shòu mìng bù *dài*	Received mandate never end
	10.	在武丁孙子	zài wǔ dīng sūn *zǐ*	Time of Wuding's descendants
	11.	武丁孙子	wǔ dīng sūn *zǐ*	Wuding's grandsons and sons
	12.	武王靡不胜	wǔ wáng mǐ bù *shèng*	Martial kings ever victorious
	13.	龙旂十乘	lóng qí shí *shèng*	Dragon banners and ten chariots
	14.	大糦是承	dà chì shì *chéng*	Presented sacrificial grain
	15.	邦畿千里	bāng jī qiān *lǐ*	Royal domain was a thousand li

	16.	维民所止	wéi mín suǒ *zhǐ*	Where our people settled
	17.	肇域彼四海	zhào yù bǐ sì *hǎi*	Boundaries were set at four seas
	18	四海来假	sì hǎi lái gé	From four seas came
	19.	来假祁祁	lái gé qí *qí*	Came crowd upon crowd
	20.	景员维河	jǐng yuán wéi *hé*	Their frontier was River
	21.	殷受命咸宜	yīn shòu mìng xián *yí*	Good that Yin received mandate
	22.	百禄是何	bǎi lù shì *hè*	Hundred blessings Yin bore

这首诗第 1 行的"天"有物理上的意义——"天空",比如"蓝天"。通常它也有一个比喻义"上天",比如"老天爷",对应英文中的"天知道"(heaven knows)的"天"(heaven)。我们之前看到的"天命"是复合词,意思是"受命于天",上天给予统治者神圣的统治权。从第 1 行的翻译来看,"天命"是主谓结构,宾语是玄鸟。有人说玄鸟实际上是一种燕子,中国北方很常见。

术语"天"在《诗经》中可以与"帝"交换使用。《圣经》中的"神"中文翻译是"上帝",如这首诗的第 4 行和下一首诗的第 16 行。"帝"与"上帝"在《诗经》中多次出现,意思是"天神"。

商代是第一个有直接文字记载的朝代。这些记载被刻在甲骨上,用来记录占卜的情况,比如本书前面提到的甲骨文。从众多的历史资料来看,我们了解到商人曾多次迁都,最后在盘庚的领导下定都于今天的河南安阳。这些甲骨文中记载有商代著名的人物武丁和王后妇好。考古学家已经在安阳发现了妇好墓。妇好是一位了不起的女性,她曾经多次领兵作战。武丁以后的几代,商人就被周人打败了。商代的最后一位国君商纣王声名狼藉。历史的车轮走向三代的最后一个朝代——周代。

之前简单提过了周代始祖后稷诞生的传说,这次是上帝的脚印而不是黑鸟促成英雄的诞生。后稷可以说是一位出类拔萃的农业专家,很适合成为农业文明的领导者。《生民》写的是后稷的出生和他为部落做出的贡献。我们将更充分地展开讨论。

生民

表格 20　生民

m245	1.	厥初生民	jué chū shēng mín	The one who first bore our people
大雅	2.	时维姜嫄	shí wéi jiāng yuán	Was lady Yuan of Jiang
生民	3.	生民如何	shēng mín rú hé	How did she bear the people

	4.	克禋克祀	kè yīn kè sì	She understood well to bring yin and si sacrifices
	5.	以弗无子	yǐ fú wú zǐ	That she might no longer be childless
	6.	履帝武敏歆	lǚ dì wǔ mǐn xīn	She trod on the big toe of God's footprint
	7.	攸介攸止	yōu jiè yōu zhǐ	She became elated
	8.	载震载夙	zài zhèn zài sù	She was enriched
	9.	载生载育	zài shēng zài yù	She was blessed; and so she became pregnant
	10.	时维后稷	shí wéi hòu jì	That was Houji
II	11.	诞弥厥月	dàn mí jué yuè	She fulfilled her months
	12.	先生如达	xiān shēng rú dá	And the first-born then came forth
	13.	不坼不副	bù chè bù pì	There was no bursting, no rending
	14.	无菑无害	wú zāi wú hài	No injury, no harm
	15.	以赫厥灵	yǐ hè jué líng	Thus manifesting the divine nature of it
	16.	上帝不宁	shàng dì bù níng	Did God on High not give her ease

	17.	不康禋祀	bù kāng yīn sì	Did he not enjoy (her) sacrifices
	18	居然生子	jū rán shēng zǐ	Tranquilly she bore her son
III	19.	诞寘之隘巷	dàn zhì zhī ài xiàng	They laid him in a narrow lane
	20.	牛羊腓字之	niú yáng féi zì zhī	The oxen and sheep nurtured him
	21.	诞寘之平林	dàn zhì zhī píng lín	They laid him in a forest of the plain
	22.	会伐平林	huì fá píng lín	He was found by those who cut the forest of the plain
	23.	诞寘之寒冰	dàn zhì zhī hán bīng	They laid him on cold ice
	24.	鸟覆翼之	niǎo fù yì zhī	Birds covered and protected him
	25.	鸟乃去矣	niǎo nǎi qù yǐ	Then the birds went away
	26.	后稷呱矣	hòu jì gū yǐ	And Houji wailed
	27.	实覃实讦	shí tán shí xū	It carried far, it was strong
	28.	厥声载路	jué shēng zài lù	His voice then became loud

IV	29.	诞实匍匐	dàn shí pú *fú*	And then he crawled, (then) he was able to (straddle=) stride
	30.	克岐克嶷	kè qí kè *yí*	To stand firmly
	31.	以就口食	yǐ jiù kǒu *shí*	And so he sought food for his mouth
	32.	艺之荏菽	yì zhī rěn shū	He planted the soil with large beans
	33.	荏菽旆旆	rěn shū pèi *pèi*	The large beans were rankly-waving
	34.	禾役穟穟	hé yì suì *suì*	The grain cultivated had plenty of ears
	35.	麻麦幪幪	má mài *měng* měng	The hemp and wheat was thick
	36.	瓜瓞唪唪	guā dié běng *běng*	The gourd stems bore ample fruit
V	37.	诞后稷之穑	dàn hòu jì zhī sè	Houji's husbandry
	38.	有相之道	yǒu xiàng zhī *dào*	Had the method of helping the growth
	39.	茀厥丰草	fú jué fēng *cǎo*	He cleared away the rank grass
	40.	种之黄茂	zhòng zhī huáng *mào*	He sowed the ground with the yellow riches

	41.	实方实苞	shí fāng shí bāo	It was of even growth and luxuriant
	42.	实种实褎	shí zhòng shí yòu	It was sown, it became tall
	43.	实发实秀	shí fā shí xiù	It grew, if flowered and set ears
	44.	实坚实好	shí jiān shí hǎo	It became firm and fine
	45.	实颖实栗	shí yǐng shí lì	It had ripe ears, it had solid kernels
	46.	即有邰家室	jí yǒu tái jiā shì	And then he had his house in Tai
VI	47.	诞降嘉种	dàn jiàng jiā zhǒng	He sent down(to the people) the fine cereals
	48.	维秬维秠	wéi jù wéi pī	There was black millet, double-kernelled black millet
	49.	维穈维芑	wéi mén wéi qǐ	Millet with red sprouts, with white sprouts
	50.	恒之秬秠	gèng zhī jù pī	He extended over it the black millet and the double-kernelled
	51.	是获是亩	shì huò shì mǔ	He reaped it, he took it by acres

	52.	恒之穈芑	gèng zhī mén qǐ	He extended over it the millet with red sprouts and with white sprouts
	53.	是任是负	shì rèn shì fù	He carried them on the shoulder, he carried them on the back
	54.	以归肇祀	yǐ guī zhào sì	With them he went home and initiated a sacrifice
VII	55.	诞我祀如何	dàn wǒ sì rú hé	Our sacrifice, what it is like
	56.	或舂或揄	huò chōng huò yóu	Some pound(the grain), some bale it out
	57.	或簸或蹂	huò bǒ huò róu	Some sift it, some tread it
	58.	释之叟叟	shì zhī sōu sōu	We wash it so as to become soaked
	59.	烝之浮浮	zhēng zhī fú fú	We steam it so as to become steamed through
	60.	载谋载惟	zài móu zài wéi	And then we lay plans, we think it over
	61.	取萧祭脂	qǔ xiāo jì zhī	We take southernwood, we sacrifice fat

	62.	取羝以軷	qǔ dī yǐ *bá*	We take a ram to sacrifice to the Spirits of the road
	63.	载燔载烈	zài fán zài *liè*	And then we roast, we broil
	64.	以兴嗣岁	yǐ xīng sì *suì*	In order to start the following year
VIII	65.	卬盛于豆	áng chéng yú dòu	We fill(food) in the dou vessels
	66.	于豆于登	yú dòu yú *dēng*	In the dou and the deng vessels
	67.	其香始升	qí xiāng shǐ *shēng*	As soon as the fragrance ascends
	68.	上帝居歆	shàng dì jū *xīn*	God on High placidly enjoys it
	69.	胡臭亶时	hú xiù dǎn *shí*	The far-reaching fragrance is truly good
	70.	后稷肇祀	hòu jì zhào *sì*	Houji initiated the sacrifice
	71.	庶无罪悔	shù wú zuì *huǐ*	And the people has given no offence nor cause for regret
	72.	以迄于今	yǐ qì yú *jīn*	Unto the present day

古人认为超常之人会有超常之诞生。婴儿奇迹般地出生在

不同宗教或神话中保存了许多，像基督教中耶稣的诞生。后稷引入农业技术对中国农业的发展有着特别的意义，中华文明主要是农业文明。第三节中后稷能被动物保护、被动物抚养，内在逻辑则是圣人与动物世界的高度和谐。后稷在婴儿时期不仅有牛羊哺育他，还有鸟儿用翅膀温暖他。

这个故事与古罗马的传说相似。有一个版本的故事中，建立古罗马的罗慕洛和雷莫兄弟的父亲是战神马瑞斯，母狼为儿时的他们哺乳，鸟儿也喂养过他们。

三代的始祖禹、契、后稷与扶余（或夫余）国朱蒙的故事也有类似之处。扶余国是一个古代民族建立的国家，位于渤海的东北海岸（可见图2）。扶余人建立的国家叫作高句丽，是中文"高丽"与英文"韩国"（Korea）的词源。高句丽的历史在中国约6世纪的编年体史书《魏书》中有记载。《魏书》是这样写的：①

> 高句丽者，出于夫余，自言先祖朱蒙。朱蒙母河伯女，为夫余王闭于室中，为日所照。引身避之，日影又逐。既而有孕，生一卵，大如五升。夫余王弃之与犬，犬不食；弃之与豕，豕又不食；弃之于路，牛马避之；后弃之野，众鸟以毛茹之。夫余王割剖之，不能破，遂还其母。其母以物裹之，置于

---

① 根据 Chang, Kwang-Chih, *Art, Myth, and Ritual*, 1983:12 改编。

暖处，有一男破壳而出。及其长也，字之曰朱蒙。①(《魏书》卷一百 列传第八十八 高句丽)

《诗经》中有几首诗写过周文王建立周朝之前后稷其他优秀的后裔。《绵》记录了后稷的后代亶父如何扩大部落活动范围并确定把部落安置在陕西的岐山，即今西安市西。周武王定都于镐京，近今西安市。百年后，镐京遭到临近部落猃狁的洗劫，《小雅》中也有组诗提到过。②结果公元前770年，周都城只好迁到洛阳，意味着东周的开始。

迁都后不久，东周失去了对中原的控制，多个地方政权争先恐后争夺领土和霸权。东周分为两个阶段：公元前770年到公元前476年的"春秋"时代和公元前475年到公元前221年的"战国"时代。那一段时期各国军事上彼此竞争，思想上百家争鸣，许多优秀的思想家参与辩论哲学问题，其中最有名的要数孔子和老子。到公元前221年，中原的分裂在秦始皇的手中结束了。

---

① 有一部很长的韩国电视剧，叫作《朱蒙》(주몽)，英文是 Jumong-Prince of the Legend。电视剧中，中国正是汉代，被称作"天朝"。剧中，汉代的形象被塑造为在利用其他东亚邻国的基础上建立皇权的国家。
② 《小雅》中的《采薇》《出车》《六月》《采芑》。

第十章

朝政：美刺与警示

绵

现在我们要讨论《绵》这首诗。

表格 21　绵

m237	1.	绵绵瓜瓞	mián mián guā *dié*	Stretching out are branches of gourd
大雅	2.	民之初生	mín zhī chū shēng	When our people were first born
绵	3.	自土沮漆	zì dù cú *qī*	From River Du to River Qi
	4.	古公亶父	gǔ gōng dǎn fǔ	Ancient Prince Danfu
	5.	陶复陶穴	táo fù táo *xué*	Built shelters and dug caves
	6.	未有家室	wèi yǒu jiā *shì*	As yet they had no houses
II	7.	古公亶父	gǔ gōng dǎn *fǔ*	Ancient Prince Danfu
	8.	来朝走马	lái zhāo zǒu *mǎ*	Galloped away at daybreak
	9.	率西水浒	shuài xī shuǐ *hǔ*	Followed bank of the western river
	10.	至于岐下	zhì yú qí *xià*	Came to the foot of Mount Qi

III	11.	爰及姜女	yuán jí jiāng nǚ	Together with Lady Jiang
	12.	聿来胥宇	yù lái xū yǔ	They searched for a home
	13.	周原膴膴	zhōu yuán wǔ wǔ	Plain of Zhou ample and fertile
	14.	堇荼如饴	jǐn tú rú yí	Its celery and sowthistle sweet as rice-cakes
	15.	爰始爰谋	yuán shǐ yuán móu	He started and he planned
	16.	爰契我龟	yuán qì wǒ guī	He notched the turtle
	17.	曰止曰时	yuē zhǐ yuē shí	Stop, is said, it's time
	18	筑室于兹	zhù shì yú zī	Build houses here
IV	19.	乃慰乃止	nǎi wèi nǎi zhǐ	He became silent, he stopped
	20.	乃左乃右	nǎi zuǒ nǎi yòu	He went left, he went right
	21.	乃疆乃理	nǎi jiāng nǎi lǐ	He made boundaries, he made divisions
	22.	乃宣乃亩	nǎi xuān nǎi mǔ	He measured, he laid out acres
	23.	自西徂东	zì xī cú dōng	From west he went eastward

	24.	周爰执事	zhōu yuán zhí _shì_	Everywhere he performed his task
V	25.	乃召司空	nǎi zhào sī kōng	He summoned Master of Works
	26.	乃召司徒	nǎi zhào sī _tú_	He summoned Master of Lands
	27.	俾立室家	bǐ lì shì _jiā_	Ordered them build houses
	28.	其绳则直	qí shéng zé _zhí_	Plumb lines were straight
	29.	缩版以载	suō bǎn yǐ _zài_	Boards were lashed to pack earth
	30.	作庙翼翼	zuò miào yì _yì_	Temple constructed with care
VI	31.	捄之陾陾	jū zhī réng _réng_	Collected in long rows
	32.	度之薨薨	duó zhī hōng _hōng_	Measured in big piles
	33.	筑之登登	zhù zhī dēng _dēng_	Rammed it into high wall
	34.	削屡冯冯	xuē lǚ píng _píng_	Scraped it again and again
	35.	百堵皆兴	bǎi dǔ jiē _xīng_	Hundreds of walls all rose
	36.	鼛鼓弗胜	gāo gǔ fú _shèng_	Drums could not keep pace

VII	37.	乃立皋门	nǎi lì gāo mén	Raised the outer gate
	38.	皋门有伉	gāo mén yǒu *kàng*	Outer gate rose high
	39.	乃立应门	nǎi lì yīng mén	Raised the main gate
	40.	应门将将	yīng mén qiāng *qiāng*	Inner gate was grand
	41.	乃立冢土	nǎi lì zhǒng tǔ	Raised the earth mound
	42.	戎丑攸行	róng chǒu yōu *xíng*	From which great troops marched
VIII	43.	肆不殄厥愠	sì bù *tiǎn* jué *yùn*	Their wrath was unquenched
	44.	亦不陨厥问	yì bù *yǔn* jué *wèn*	Their fame unblemished
	45.	柞棫拔矣	zuò yù *bá* yǐ	Oaks were thinned
	46.	行道兑矣	xíng dào *duì* yǐ	Roads were cleared
	47.	混夷駾矣	kūn yí tuì yǐ	Kunyi fled
	48.	维其喙矣	wéi qí *huì* yǐ	Panting along the way
IX	49.	虞芮质厥成	yú ruì zhì jué *chéng*	Yu and Rui pledged peace
	50.	文王蹶厥生	wén wáng jué jué *shēng*	Wenwang sacrificed animals

51.	予曰有疏附	yú yuē yǒu shū fù	We had allies in distant regions
52.	予曰有先后	yú yuē yǒu xiān hòu	We had allies front and back
53.	予曰有奔奏	yú yuē yǒu bēn zòu	We had allies hasten to us
54.	予曰有御侮	yú yuē yǒu yù wǔ	We had allies defend us against insults

这首诗的标题来自第1行，将这个家族的发展比喻为葫芦。第一节的押韵方式为AxAxAA。第2行和第4行并不入韵。第二节、第三节、第六节和第八节完全入韵，为AAAAAA式。第43行和第44行，每一行包含两个押韵字，比较罕见。

第11行出现的姑娘姓姜。当时姜姓女子很多嫁给周王，后稷的母亲姜嫄也是这个家族的女儿。第16行的亶父在龟甲上铭刻了神示，这表明用兽骨占卜的不仅仅有安阳的商朝人，只是大量殷商占卜材料保存到现在而已。

周代的杰出人物在《诗经》的许多诗中受到热情洋溢的赞美。《生民》中歌颂的后稷出生时有不凡之象，且为周人引入了农业新技术。多年后后稷的后代亶父带领人民定居在岐山下。这首诗正是歌颂亶父为周人找到新的定居处。在他的领导下，随着有节奏的鼓声，夯土砌成的外城墙由他的族人竖立起来了。我们可以将这类定居活动想象为中国城市的早期形态。亶父受到人民的爱戴,死后被追认为周太王。

第 50 行提到经过很多代人,领导权到了周文王的手中。安阳的商纣王唯恐西部的周人迅猛发展,就囚禁了文王。① 文王的儿子武王最终打败了纣王,建立了周朝。中国历史上有多次与邻近少数民族之间的战争,比如第 47 行提到的混夷以及第 49 行提到的虞和芮。

"文""武"两个谥号被用在了周朝两位国王身上,汉武帝得到"武"的谥号是因为他在位期间打败了西边的部落——匈奴。曹操的儿子曹丕有魏文帝的称号,是因他与他的父亲以及兄弟曹植共有的文学上的威望。

第 25 行和第 26 行,我们看到"司"字用在官名上。有一些官名逐渐发展成为姓氏,正如英语中有 Duke(公爵)、Prince(王子)、King(国王)等成了姓。后来发展出"司马"这一姓氏,汉代著名历史学家《史记》的作者司马迁就是。"司"意为管理,"马"则是马匹,"司马"这个职位本来是照顾、掌管马匹的。三国之后的晋朝就是由司马氏建立的。

---

① 这里我们又能遇见发音区别很小的两个字。商代最后一个国君的名字叫作纣,第四声。下一个朝代是周,第一声,是高平调。

江汉

表格 22　江汉

m262	1.	江汉浮浮	jiāng hàn fú *fú*	Jiang and Han flowing full
大雅	2.	武夫滔滔	wǔ fū tāo *tāo*	Warriors from a mighty torrent
江汉	3.	匪安匪游	Fěi ān fěi *yóu*	No rest, no pleasure
	4.	淮夷来求	huái yí lái *qiú*	Seek the Huaiyi tribes
	5.	既出我车	jì chū wǒ *jū*	We run chariots
	6.	既设我旟	jì shè wǒ *yú*	We raise banners
	7.	匪安匪舒	Fěi ān fěi *shū*	No rest no leisure
	8.	淮夷来铺	huái yí lái *pū*	Put down Huaiyi tribes
II	9.	江汉汤汤	jiāng hàn shāng *shāng*	Jiang and Han are flowing
	10.	武夫洸洸	wǔ fū guāng *guāng*	Warriors are matching
	11.	经营四方	jīng yíng sì *fāng*	Regulate four quarters
	12.	告成于王	gào chéng yú *wáng*	Report to king
	13.	四方既平	sì fāng jì *píng*	Four quarters are settled
	14.	王国庶定	wáng guó shù *dìng*	Kingdom at peace

	15.	时靡有争	shí mǐ yǒu *zhēng*	Since there is no conflict
	16.	王心载宁	wáng xīn zài *níng*	King's heart is tranquil
III	17.	江汉之浒	jiāng hàn zhī *hǔ*	On banks of Jiang and Han
	18	王命召虎	wáng mìng shào *hǔ*	King charged Shaohu
	19.	式辟四方	shì pì sì fāng	Pacify four quarters
	20.	彻我疆土	chè wǒ jiāng *tǔ*	Govern our territories
	21.	匪疚匪棘	fěi jiù fěi *jí*	No distresses no discomfort
	22.	王国来极	wáng guó lái *jí*	Use kingdom as example
	23.	于疆于理	yú jiāng yú *lǐ*	Bring order to the territories
	24.	至于南海	zhì yú nán *hǎi*	As far as southern seas
IV	25.	王命召虎	wáng mìng shào *hǔ*	King charged Shaohu
	26.	来旬来宣	lái xún lái *xuān*	Go distribute my orders
	27.	文武受命	wén wǔ shòu mìng	Wenwang and Wuwang had mandate

	28.	召公维翰	shào gōng wéi hàn	Duke of Shao was their support
	29.	无曰予小子	wú yuē yú xiǎo zǐ	Do not claim to be too young
	30.	召公是似	shào gōng shì sì	Duke of Shao can provide support
	31.	肇敏戎公	zhào mǐn róng gōng	Quickly face your challenge
	32.	用锡尔祉	yòng xī ěr zhǐ	You will be honored
V	33.	釐尔圭瓒	lài ěr guī zàn	I give you tablet and ladle
	34.	秬鬯一卣	jù chàng yī yǒu	You vessel of millet wine
	35.	告于文人	gào yú wén rén	Report to ancestors
	36.	锡山土田	xī shān tǔ tián	I give you hills and fields
	37.	于周受命	yú zhōu shòu mìng	You have a mandate from Zhou
	38.	自召祖命	zì shào zǔ mìng	It continues from the charge to the Shao ancestors
	39.	虎拜稽首	hǔ bài qǐ shǒu	Hu bowed and touched head to ground

	40.	天子万年	tiān zǐ wàn *nián*	Ten thousand years to Son of Heaven
VI	41.	虎拜稽首	hǔ bài qǐ *shǒu*	Hu bowed and touched head to ground
	42.	对扬王休	duì yáng wáng *xiū*	Praise to be king
	43.	作召公考	zuò shào gōng *kǎo*	Cast the urn for Duke of Shao
	44.	天子万寿	tiān zǐ wàn *shòu*	Ten thousand years to Son of Heaven
	45.	明明天子	míng míng tiān *zǐ*	Wise Son of Heaven
	46.	令闻不已	lìng wén bù *yǐ*	Glory for ever
	47.	矢其文德	shǐ qí wén *dé*	Spreads his virtues
	48.	洽此四国	qià cǐ sì *guó*	To all four quarters

这首诗歌颂召氏家族的成就。"召"是一个地名，位于今陕西省。因这个家族自周王朝建立之初就受到周王的信任，为周代做出了重要贡献，被分封到了这里。这个家族有两个成员特别有名。一个叫作召奭，又称为康公；一个叫作召虎，又称作穆公。《江汉》主要指召虎，而下一首诗《甘棠》主要指召奭。尽管文本材料稀少，但学者们还是努力想要弄清楚这个高

贵的家族的准确世系。

这首诗是对召氏一门的赞歌。召氏，本姓姬，也是王族，因为周王室就是姬姓。六节的押韵方式各不相同：1. AAAA，BBBB；2. AAAA，BBBB；3. AAxA，BBCC；4. xAxA，BBxB；5. xxAA，AAxA；6. AAAA，BBCC。

前两节描绘两条大河冲积而成的平原，定下了全诗恢宏的基调。长江是一条流过华中地区的大河，沿北纬30°蜿蜒。汉水（或称汉江）① 是长江最大的支流，流经湖北省的历史名城武汉。

"汉"这个字本身也非常有意思。它作为一条河流名出现在《诗经》中，证明它有着很悠久的历史。它也在复合词"云汉"中出现，意为银河。"云"与"汉"字面上结合起来，可能是说银河就是天上的汉水。它也出现在"汉朝"中。汉朝大约与罗马帝国处于同一时期，两个古代政权的影响力辐射到了全世界。汉朝统治了中国约四百年，并且塑造了未来两千年中国历史的模式。

大概这个朝代名也是中国人数最多的民族——"汉族"的由来。中国的文字叫作"汉字"，日语发音为kanji，韩语发音为hanja。② 有人说"韩国"的国名也要追溯到汉代，不过这两个字异音又异形。韩国的首都首尔曾叫"汉城"，与"汉族"

---

① "汉江"也是一条流经韩国首都首尔的主要河流的名称。
② 日本有本土书写用字母，叫作假名。韩国也有本土书写用字母，叫谚文（hangul）。这两种本土字母图形设计从中国的汉字发展而来。

的"汉"①相同。现在的首尔是从韩语中的 Seoul（서울）音译而来。

普通话里"汉"也可以作为一个普通的名词，比如"老汉"表示年长的男人，还有"男子汉""好汉""一条汉子"，暗示了男性气概、勇气和力量，与英文中"real man"（真正的男人）意思相近，虽然这些是最近才有的语义拓展。可能表示男性特征方面的语义内容是后起的，原本的意思只是指男人。

如果确实是这样的过程，一个指"人"的单词变得专有化，变为指称使用这个词特殊用法的特殊族群。这样的发展在美洲和亚洲许多原始部落的名字中都有体现，这是一个值得探索的有趣假说。

古代中国的历史充满着带有威胁的异族部落与地区政权之间的战争冲突。按照传统，历史学家会指出，夏、商、周三代的核心地区像《民劳》②写到的为"中国"；而用四方来指周围的族群：东夷③、南蛮、西戎、北狄。本书前文也提到过。这种称谓也不是一成不变的。孟子曾经把周武王的父亲周文

---

① 更多对汉/韩的讨论可以在金惠媛的《中韩文化谈》(2013：45-46)中找到。
② 还有《荡》和《桑柔》，均为"大雅"中的诗篇。
③《诗经》中指少数民族的通用术语"夷"与现代少数民族"彝"不应混淆。二者是同音字。彝族使用的语言属于藏缅语族的一种，主要分布在中国西南地区，人口只有几百万。

王叫作"西夷"。①

术语"胡"也用在北方或者西北少数民族，如"五胡"；"越"用在南方和东南的少数民族，如"百越"。"胡"也在复合词中出现，比如"胡椒""胡琴"，反映了这些东西来源于西北方。"越"也用在西南地名当中，像"越南"，越南语还保存着"越"字的古代发音。广东省的简称"粤"虽然字形不同，但或许也能追溯到同一个字。② 指称其他族群的总称还有"番"，比如"番邦"指外邦，"番茄"指西红柿，"番薯"指地瓜。

猃狁，也称"犬戎"③，历史上，他们曾把周人从西边的国都西安赶到了东都洛阳。第4行的"淮夷"可能指的是某些东方少数民族。这些民族都没有延续到今天。诗中也提到其他几个族群，可是至今连名字都没留下。

千年以来，有一个"羌"族今天仍然存在。最后一首诗

---

① 孟子比较了两位古代的圣王：舜是东夷人，文王是西夷人。尽管这两位被漫长的时间和广阔的空间隔开了，但他们的智慧引领他们走向类似的统治之道。"舜生于诸冯，迁于负夏，卒于鸣条，东夷之人也。文王生于岐周，卒于毕郢，西夷之人也。地之相去也，千有余里；世之相后也，千有余岁，得志行乎中国，若合符节。先圣后圣，其揆一也。"（《孟子·离娄下》第一章）

② 关于百越更充分的讨论可以在 William Meacham 1996 年的论文中读到。见 "Defining the Hundred Yue", *Bulletin of the Indo-Pacific Prehistory Association*, 15:93-100.

③ 想要讨论两种种族名字的关系，可以参看 Poo, Mu-chou（蒲慕州）. *Enemies of Civilization: Attitudes toward Foreigners in Ancient Mesopotamia, Egypt, and China*, 2005:46.

《殷武》里面还提到过。它是中国官方认可的55个少数民族之一，主要分布在四川省。当然，几千年来必然存在很多人口学意义上的变迁，包括大量的异族通婚、基因的融合。因此很难断言今天的羌族是否为《诗经》中提到的古代羌的后代。

第18行的主人公召虎，也叫召伯虎。第28行和第38行提到召公和召祖是为了追忆召伯虎杰出的祖先。"公"是一种爵位，国君根据不同家族做出的不同军事贡献给予封赏，包括爵位和土地等。"召"是土地分封时的称号。

之前我们讨论过有个青铜器叫作召伯虎簋，是陕西出土的，今存中国国家博物馆。参见图12和图13。这只簋是一对簋中的第二个，二者分别叫作五年琱生簋及六年琱生簋。琱生是这对青铜器制作者的名字，也是一桩土地诉讼的当事人。2006年有了新的考古发现，但这些青铜器的铭文依然很难解释。总之，召伯虎因为解决了这桩土地纠纷而特别受到赞扬和爱戴。这首诗的主题就是周王给予这个家族的荣耀。

下一首诗《国风·甘棠》的主题围绕一棵梨树展开。这首诗劝说人们珍惜这棵树，其特别之处在于智者召奭（康公）曾坐在这棵树下帮助过人们解决各类纠纷。

甘棠

表格 23　甘棠

m16	1.	蔽芾甘棠	bì fèi gān táng	Young and tender is this sweet-pear tree
国风	2.	勿翦勿伐	wù jiǎn wù *fá*	Do not lop it or knock it
召南	3.	召伯所茇	shào bó suǒ *bá*	For the Lord of Shao took shelter under it
甘棠 II	4.	蔽芾甘棠	bì fèi gān táng	Young and tender is this sweet-pear tree
	5.	勿翦勿败	wù jiǎn wù *bài*	Do not lop or harm it
	6.	召伯所憩	shào bó suǒ *qì*	For the Lord of Shao rested under it
III	7.	蔽芾甘棠	bì fèi gān táng	Young and tender is this sweet-pear tree
	8.	勿翦勿拜	wù jiǎn wù *bài*	Do not lop or uproot it
	9.	召伯所说	shào bó suǒ *shuì*	For the Lord of Shao reposed beneath it

这首诗的结构很特别，每节有三行，第 2 行和第 3 行押韵，是一首简短的赞美诗。赞美的对象是西周的英雄召奭（康公）。由于这棵树与英雄的联系，它也成为这个人的象征，因而被留下来，作为给后人的宝贵遗产。召奭不仅得到周王的尊

重,也赢得了普通民众的爱戴。

巷伯

表格 24　巷伯

m200	1.	萋兮斐兮	qī xī fěi xī	How rich, how ornate
小雅	2.	成是贝锦	chéng shì bèi jǐn	Truly this shell brocade
巷伯	3.	彼谮人者	bǐ zèn rén zhě	Those slanderers
	4.	亦已大甚	yì yǐ tài shèn	Indeed too much
II	5.	哆兮侈兮	chǐ xī chǐ xī	How great, how expansive
	6.	成是南箕	chéng shì nán jī	Truly the Southern Fan
	7.	彼谮人者	bǐ zèn rén zhě	Those slanderers
	8.	谁适与谋	shuí shì yǔ móu	Who would take their side
III	9.	缉缉翩翩	jí jí piān piān	Jabbering, tattling
	10.	谋欲谮人	móu yù zèn rén	Plan to slander people
	11.	慎尔言也	shèn ěr yán yě	Careful about your words
	12.	谓尔不信	wèi ěr bù xìn	They say you are not trustworthy

IV	13.	捷捷幡幡	qiè qiè fān *fān*	Gabbering, blathering
	14.	谋欲谮言	móu yù zèn *yán*	Plan to speak slanderously
	15.	岂不尔受	qǐ bù ěr shòu	You think they won't get you
	16.	既其女迁	jì qí rǔ *qiān*	Already they move toward you
V	17.	骄人好好	jiāo rén hǎo *hǎo*	The arrogant is complacent
	18	劳人草草	láo rén cǎo *cǎo*	The toiler is anxious
	19.	苍天苍天	cāng tiān cāng *tiān*	Blue heaven, blue heaven
	20.	视彼骄人	shì bǐ jiāo *rén*	Look at the arrogant
	21.	矜此劳人	jīn cǐ láo *rén*	Pity the toiler
VI	22.	彼谮人者	bǐ zèn rén zhě	Those slanderers
	23.	谁适与谋	shuí shì yǔ móu	Who would take their side
	24.	取彼谮人	qǔ bǐ zèn rén	Take those slanderers
	25.	投畀豺虎	tóu bì chái hǔ	Throw them to jackals and tigers
	26.	豺虎不食	chái hǔ bù *shí*	Jackals and tigers do not eat them

	27.	投畀有北	tóu bì yǒu *běi*	Throw them to the Northern Region
	28.	有北不受	yǒu běi bù *shòu*	Northern Region not accept them
	29.	投畀有昊	tóu bì yǒu *hào*	Throw them to the Great Void
VII	30.	杨园之道	yáng yuán zhī dào	Way of willow garden
	31.	猗于亩丘	yǐ yú mǔ *qiū*	Close to acred hill
	32.	寺人孟子	sì rén mèng zǐ	Eunuch Mengzi
	33.	作为此诗	zuò wéi cǐ *shī*	Composed this poem
	34.	凡百君子	fán bǎi jūn zǐ	May all you gentlemen
	35.	敬而听之	jìng ér tīng *zhī*	Listen to it with me

这首诗记录了朝中太监对诽谤者的怨愤。这首诗押韵比较特别：在前两个诗节中前两行内部还有押韵，最后一节押韵是 xAxAxA。第 6 行的"南箕"①指的是天上的星宿，位于天空的南边。

这首诗中特别的文化趣味在于第 32 行的作者——孟子②

---

① "箕"在中文中意为"簸箕"的形状，在英文翻译中被比喻为风扇的形状。
② 请注意，孟子是《巷伯》的作者，不要和战国时代著名的哲学家孟子相混淆。两个名字字面上一样。

为"寺人"。"寺人"是宫中的服侍者。"寺"这个字或许和现代"侍"字相近,意为"服侍"。这里通常解释为,"寺人"孟子是受过阉割的男子,就像大多数宫里的太监。在许多宗教不同、社会语境不同的古代文化中,阉割都是存在的,而且大多施加于服侍后宫女子的男性侍者身上。在古代中国的特定时期,阉割也曾是一种严酷的刑罚,其严酷程度接近死刑。一位著名的受害者就是西汉著名历史学家司马迁。他因对汉武帝的意见有异议而惹怒了汉武帝,受到严酷的惩罚。他勇敢地承受腐刑,在屈辱中活下去,只为完成他的史学杰作——《史记》。

还要指出另一个有趣的字"畀"。它出现在第25、第27、第29行。许多古汉语中的词汇在以北方通用语为基础的普通话中消失了,这非常常见。但幸运的是,在南方方言中,这些古代词汇被保存得好一些。"畀"字还活在粤语中,在粤语中念"bei"[①],意为"给予",并且虚化为"为"或介词"给"的意思。这些用法与普通话中的"给"是完全相同的。

[①] 这个字在粤语中也可以写作"俾"。要想更详细地了解粤语的专用汉字,参见 Cheung, Kwan-hin & Robert Bauer, "The Representation of Cantonese with Chinese Characters", *Journal of Chinese Linguistics Monograph*, No.18, 2002.

何草不黄

表格 25　何草不黄

m234	1.	何草不黄	hé cǎo bù *huáng*	What plant not wither
小雅	2.	何日不行	hé rì bù *xíng*	What day not march
何草不黄	3.	何人不将	hé rén bù *jiāng*	Who not disposed
	4.	经营四方	jīng yíng sì *fāng*	Regulate four directions
II	5.	何草不玄	hé cǎo bù *xuán*	What plant not blacken
	6.	何人不矜	hé rén bù *guān*	Who not to be pitied
	7.	哀我征夫	āi wǒ zhēng fū	Alas we soldiers
	8.	独为匪民	dú wéi fěi *mín*	Treated not as people
III	9.	匪兕匪虎	fěi sì fěi *hǔ*	Not rhinoceros, not tiger
	10.	率彼旷野	shuài bǐ kuàng yě	Along wildness
	11.	哀我征夫	āi wǒ zhēng *fū*	Alas we soldiers
	12.	朝夕不暇	zhāo xi bù *xiá*	Morning evening no rest
IV	13.	有芃者狐	yǒu péng zhě *hú*	There is thick-furred fox

	14.	率彼幽草	shuài bǐ yōu cǎo	Along dark grass
	15.	有栈之车	yǒu zhàn zhī jū	There are boxed carriages
	16.	行彼周道	xíng bǐ zhōu dào	Marching on Zhou road

这是一首士兵的挽歌，可能是在西周末年创作的。那时西周因战争受到严重破坏。不少部落从各个方向侵略周的领土，并渐渐逼近周王朝的都城。本诗的主题借由大自然的循环中草会枯萎变色的规律得出：人民应该有更多的自主权，不应被统治者视为可以随便牺牲的动物。大量士兵被迫派至战争前线，注定会在战场上死去。这种无助而绝望的抱怨从一个孤独的士兵口中说出，非常辛酸，也超越了时空。

第1行的"黄"和第5行的"玄"语法上用作不及物动词，意为变黄、变黑。而出现在表格18中的"黄"及表格19中的"玄"是形容词。两种语法范畴的灵活变化是汉语几千年来的特质之一。与许多欧洲语言不同，它们的语法范畴以大量的词缀作为标记，汉语则不需要。

这首诗的趣味性还在于出现了犀牛、老虎、狐狸这些动物的身影。经过了几百年，地球的这一端已经完全没有了犀牛的踪迹。犀牛的本字"兕"很少有中国人能认识了。古代这里平均温度更高，植被更繁茂，人口更稀少。由此，3000年前的自然景观与今天在陕西及河南看到的景观也会有极大差异。

抑

下面这首《抑》是本书从《诗经》中选的最后一首诗。它也是《诗经》中最长的诗篇之一,共有 114 行。《诗经》中最长的篇目是"颂"中的《閟宫》,共 120 行。

《抑》在浩如烟海的研究《诗经》的文献里一直受到关注,许多人参与相关的讨论。目前已取得一致意见的是:本诗的作者为卫武公,他在诗中向周平王进言,批评周平王放荡的行为,并且敦促周平王以古代圣王为榜样,积极担负起治理国家的重任。本诗展示了周王朝在公元前 770 年失去了西边国都后,昔日大国沦落到何种令人悲哀的境地。它还描绘了在时人眼中如何才能称得上合格的君主。

诗中许多理想化的价值观 200 年后更详细地在孔子的笔下展开,并且构成中国文化的要素。从语言学的角度来看,本诗也很重要,因为它包含了很多流传到今天的习语,在今天继续影响着中国人的思想与行为标准。

表格 26 抑

m256	1.	抑抑威仪	yì yì wēi yí	Dignified demeanor
大雅	2.	维德之隅	wéi dé zhī yú	Reflects inner virtue
抑	3.	人亦有言	rén yì yǒu yán	People say

		4.	靡哲不愚	mǐ zhé bù _yú_	No sage without folly
		5.	庶人之愚	shù rén zhī _yú_	Folly of ordinary men
		6.	亦职维疾	yì zhí wéi _jí_	Simplify natural defect
		7.	哲人之愚	zhé rén zhī _yú_	Folly of sage
		8.	亦维斯戾	yì wéi sī _lì_	Deliberate offence
II		9.	无竞维人	wú jìng wéi rén	He is indeed powerful
		10.	四方其训之	sì fāng qí _xùn_ zhī	His teachings reach four quarters
		11.	有觉德行	yǒu jué dé xíng	Moved by his virtues conduct
		12.	四国顺之	sì guó _shùn_ zhī	Neighboring countries pay homage
		13.	訏谟定命	xū mó dìng mìng	Great plans stabilize mandate
		14.	远犹辰告	yuǎn yóu chén _gào_	Looking far ahead he speaks
		15.	敬慎威仪	jìng shèn wēi yí	Respectful and careful
		16.	维民之则	wéi mín zhī _zé_	Model for people
III		17.	其在于今	qí zài yú jīn	As for now
		18.	兴迷乱于政	xīng mí luàn yú _zhèng_	Disorder in government
		19.	颠覆厥德	diān fù jué dé	Lacking in virtue

	20.	荒湛于酒	huāng dān yú *jiǔ*	Obsessed by wine
	21.	女虽湛乐从	rǔ suī dān lè cóng	You indulge in nothing but pleasure
	22.	弗念厥绍	fú niàn jué *shào*	You do not seek examples
	23.	罔敷求先王	wǎng fū qiú xiān wáng	Of former kings
	24.	克共明刑	kè gòng míng *xíng*	Follow their enlightened laws
IV	25.	肆皇天弗尚	sì huáng tiān fú *shàng*	So heaven not approve of you
	26.	如彼泉流	rú bǐ quán liú	As water flows down
	27.	无沦胥以亡	wú lún xū yǐ *wáng*	May you not sink to ruin
	28.	夙兴夜寐	sù xīng yè mèi	Rise early and sleep late
	29.	洒扫庭内	sǎ sǎo tíng nèi	Sprinkle and sweep courtyard
	30.	维民之章	wéi mín zhī *zhāng*	Be model to people
	31.	修尔车马	xiū ěr chē *mǎ*	Take good care of chariots and horses
	32.	弓矢戎兵	gōng shǐ róng *bīng*	Bows and arrows, arms and weapons
	33.	用戒戎作	yòng jiè róng *zuò*	Be ready for war

		34.	用遏蛮方 yòng tì mán *fāng*	Defend against Man tribes
V		35.	质尔人民 zhì ěr rén mín	Reassure people
		36.	谨尔侯度 jǐn ěr hóu *dù*	Observe the feudal lords vigilantly
		37.	用戒不虞 yòng jiè bù *yú*	Prepare for the unforeseen
		38.	慎尔出话 shèn ěr chū huà	Careful in speech
		39.	敬尔威仪 jìng ěr wēi *yí*	Modest in demeanor
		40.	无不柔嘉 wú bù róu *jiā*	Gentle and good in all
		41.	白圭之玷 bái guī zhī diàn	Flaw in white jade
		42.	尚可磨也 shàng kě *mó* yě	Can be ground away
		43.	斯言之玷 sī yán zhī diàn	Flaw in your words
		44.	不可为也 bù kě *wéi* yě	Cannot be undone
VI		45.	无易由言 wú yì yóu yán	Do not speak lightly
		46.	无曰苟矣 wú yuē gǒu yǐ	Do not say you do not care
		47.	莫扪朕舌 mò mén zhèn *shé*	No one hold my tongue
		48.	言不可逝矣 yán bù kě *shì* yǐ	Words do not pass away
		49.	无言不雠 wú yán bù *chóu*	No words without consequences

	50.	无德不报	wú dé bù *bào*	No kindness unanswered
	51.	惠于朋友	huì yú péng *yǒu*	Be kind to friends
	52.	庶民小子	shù mín xiǎo *zǐ*	Treat ordinary folk as your own children
	53.	子孙绳绳	zǐ sūn shéng *shéng*	Your sons and grandsons will continue
	54.	万民靡不承	wàn mín mǐ bù *chéng*	All people support you
VII	55.	视尔友君子	shì ěr yǒu jūn zǐ	With your friends superior people
	56.	辑柔尔颜	jí róu ěr *yán*	Be gentle and friendly
	57.	不遐有愆	bù xiá yǒu *qiān*	With no chance of being at fault
	58.	相在尔室	xiàng zài ěr shì	Be vigilant at home
	59.	尚不愧于屋漏	shàng bù kuì yú wū *lòu*	Be free of fault there
	60.	无曰不显	wú yuē bù xiǎn	Do not say "not public"
	61.	莫予云觏	mò yú yún *gòu*	Cannot see me here
	62.	神之格思	shén zhī *gé* sī	Arrival of gods
	63.	不可度思	bù kě *duó* sī	Cannot be comprehended
	64.	矧可射思	shěn kě *yì* sī	All the more not to be slighted

VIII	65.	辟尔为德	bì ěr wéi dé	Let your virtue
	66.	俾臧俾嘉	bǐ zāng bǐ jiā	Be good and admirable
	67.	淑慎尔止	shū shèn ěr zhǐ	Watch over your behavior
	68.	不愆于仪	bù qiān yú yí	Let nothing go wrong in your demeanor
	69.	不僭不贼	bù jiàn bù zéi	No excesses, no dishonesty
	70.	鲜不为则	xiǎn bù wéi zé	Few will take you as example
	71.	投我以桃	tóu wǒ yǐ táo	Throw me a peach
	72.	报之以李	bào zhī yǐ lǐ	Return with a plum
	73.	彼童而角	bǐ tóng ér jiǎo	Look for horns on young ram
	74.	实虹小子	shí hóng xiǎo zǐ	Your sir
IX	75.	荏染柔木	rěn rǎn róu mù	Soft and pliable wood
	76.	言缗之丝	yán mín zhī sī	Can be strung with silk
	77.	温温恭人	wēn wēn gōng rén	Mild and respectful person
	78.	维德之基	wéi dé zhī jī	Foundation of virtue
	79.	其维哲人	qí wéi zhé rén	To a wise person
	80.	告之话言	gào zhī huà yán	Say good words

	81.	顺德之行	shùn dé zhī xíng	Yield to virtuous behavior
	82.	其维愚人	qí wéi yú rén	To a foolish person
	83.	覆谓我僭	fù wèi wǒ jiàn	Respond I am excessive
	84.	民各有心	mín gè yǒu xīn	People all have their own minds
X	85.	於乎小子	wū hū xiǎo zǐ	Oh young sir
	86.	未知臧否	wèi zhī zāng pǐ	When you did not know good and bad
	87.	匪手携之	fěi shǒu xié zhī	Did I not lead you by hand
	88.	言示之事	yán shì zhī shì	Show you case by case
	89.	匪面命之	fěi miàn mìng zhī	Did I not teach you by person
	90.	言提其耳	yán tí qí ěr	Tell you by ear
	91.	借曰未知	jiè yuē wèi zhī	You do not know
	92.	亦既抱子	yì jì bào zǐ	Although hold the young
	93.	民之靡盈	mín zhī mǐ yíng	People not self sufficient
	94.	谁夙知而莫成	shuí sù zhī ér mù chéng	Who knows all without training
XI	95.	昊天孔昭	hào tiān kǒng zhāo	Heaven knows everything

		96.	我生靡乐	wǒ shēng mǐ *lè*	My life no joy
		97.	视尔梦梦	shì ěr mèng mèng	See you so vapid
		98.	我心懆懆	wǒ xīn cǎo *cǎo*	My heart in pain
		99.	诲尔谆谆	huì ěr zhūn zhūn	Advise you tirelessly
		100.	听我藐藐	tīng wǒ miǎo *miǎo*	You listen to me with contempt
		101.	匪用为教	fěi yòng wéi *jiào*	Not use as teachings
		102.	覆用为虐	fù yòng wéi *nüè*	But regard as irritants
		103.	借曰未知	jiè yuē wèi zhī	Excuse as not know
		104.	亦聿既耄	yì yù jì *mào*	But you are already grown up
	XII	105.	於乎小子	wū hū xiǎo *zǐ*	Oh young sir
		106.	告尔旧止	gào ěr jiù *zhǐ*	Told you old ways
		107.	听用我谋	tīng yòng wǒ móu	Hear and heed my advice
		108.	庶无大悔	shù wú dà *huǐ*	Then no great regrets
		109.	天方艰难	tiān fāng jiān *nán*	Heaven is giving difficulties
		110.	曰丧厥国	yuē sàng jué *guó*	Destroying country
		111.	取譬不远	qǔ pì bù *yuǎn*	My examples not remote

112.	昊天不忒	hào tiān bù tè	Heaven makes no mistakes
113.	回遹其德	huí yù qí dé	Persist in losing virtue
114.	俾民大棘	bǐ mín dà jí	Bring people great distress

这首长诗共由十二节组成。前三节都是每节 8 行，剩下的九节是每节 10 行，总共 114 行。本诗可以分为三个部分，每部分四个诗节。

人们可能会好奇，当时一位大臣竟敢直接又严厉地指责天子。其实，周幽王以后，周王室渐渐式微。本书讨论"红颜祸水"时也提过周幽王失政据说是美女褒姒造成的。当周王室躲避犬戎的侵袭时，需要附属国为其保驾护卫。卫武公所在的卫国就是这类附属国之一。卫武公在周平王之前已为三代周王效力。他写这首诗的时候，已年近八十高龄。所以这首诗是一位如同父亲一般深得信任的老臣坚持向君主进谏，希望引导君主走上正路。

这种劝谏非常典型，以超自然的力量，即"老天"来约束国君的行为。因为国君的权威来自上天授命。第 4 节开始的第 25 行和第 11 节开始的第 95 行均提到了。中间的第 62 行、结尾的第 109 行、第 112 行也有。第 23 行指的是周朝的圣王——周代建立者周文王和周武王。

举出一些反例似乎更容易说明毁灭自己和国家产生的可怕

后果。第111行含蓄地提到近在眼前的周幽王、更早的夏代与商代的末代暴君桀、纣。他们不仅亡了国，自己还被攻入的军队杀掉了。

其中还有劝告君主养成良好个人生活习惯等非常实际的层面，比如说第28行，劝国君早起晚睡，有更多的时间做更多的事。略有些令人惊奇的是，卫武公还建议周平王自己从事洒扫庭院的劳动。如果他所谓的"洒扫庭院"不是象征意义的话，一般来说，君主是有足够的仆人来做这类事情的。卫武公接着建议周平王组织一支包含弓箭手和骑兵的常备军，以便于对第34行出现的蛮族随时保持警戒，毕竟西边的犬戎部落刚刚洗劫了周王朝的国都镐京。

本诗中，卫武公也给出了具体的建议，教导周平王养成温和的举止，激发人民的感情和得到附属国的尊重。他强调永远都要有好盟友，要不断寻找有才华的顾问，寻求更多的帮助和支持。最后这一点在《三国演义》的经典故事"三顾茅庐"里得到了验证。主人公诸葛孔明（诸葛亮）是一位聪明的谋士。刘备是汉王后裔，虽遭诸葛亮冷遇，仍坚持拜访诸葛亮，邀请他加入自己的阵营。我们很快会发现，诸葛亮正是赤壁之战的幕后策划者。依靠他的智慧，刘备免于在曹操从北方南下的进攻中彻底垮台。

从语言的角度来看，本诗也很重要。卫武公使用的许多表达方式一直流传了数千年，直到今天还在以各种形式使用着，包括：

28.	夙兴夜寐	sù xīng yè mèi	Rise early and sleep late
41.	白圭之玷	bái guī zhī diàn	Flaw in white jade
71.	投我以桃	tóu wǒ yǐ táo	Throw me a peach
72.	报之以李	bào zhī yǐ lǐ	Return with a plum
89.	匪面命之	fěi miàn mìng zhī	Did I not teach you by person
90.	言提其耳	yán tí qí ěr	Tell you by ear
99.	诲尔谆谆	huì ěr zhūn zhūn	Advise you tirelessly
100.	听我藐藐	tīng wǒ miǎo miǎo	You listen to me with contempt

第 28 行的成语前文已讨论过，卫武公用这句来敦促平王更努力地工作。第 41 行的谚语指的是美丽的器物上有小的瑕疵，意思是说虽然小瑕疵可以修复，但说错话造成的伤害却是没法弥补的。第 71 行和第 72 行被压缩为"投桃报李"，意思是说友好的行为有好的回报。类似地，第 89 行和第 90 行压缩为"耳提面命"，意思是好的建议始终存在，一直近在耳边。第 99 行发展为现代成语"谆谆教诲"，经常用于学生感激老师不厌其烦的教育。也有更为生动的成语"言者谆谆，听者藐藐"，意为说的人很认真，听的人却满不在乎。

第十一章

跨越时间与文化的鸿沟

在结束本书之前,让我们最后一起欣赏一首诗,我最喜欢的唐诗之一——杜牧的《赤壁》。这首诗因"赤壁之战"而得名。折断的戟淹没在沙砾中,多年后又被唐代诗人杜牧发现,引领他回到几百年前。甲骨文与《诗经》则为我们提供了时光隧道,带我们穿越至更为久远的时代。

这本书已经提到过经历了牧野之战,武王克商,建立了周朝。赤壁之战虽没有那般改朝换代的影响力,却也是个千百年来引人入胜的故事。曹操率北方士兵南下征讨,却被大自然风与火的妙计挫败了。

表格27 赤壁

杜牧	赤壁	Chìbì	Red cliffs
1.	折戟沉沙铁未销	zhé jǐ chén shā tiě wèi *xiāo*	Broken lance buried in sand iron not rusted
2.	自将磨洗认前朝	zì jiāng mó xǐ rèn qián *cháo*	I wash and clean it in recognition of earlier dynasty
3.	东风不与周郎便	dōng fēng bù yǔ zhōu láng biàn	East wind not come to Zhoulang's aid
4.	铜雀春深锁二乔	tóng què chūn shēn suǒ èr *qiáo*	Bronze Sparrow deep spring lock two Qiaos

与我们讨论过的表格 2 李白的《静夜思》类似，这首也是唐诗。杜牧的《赤壁》也有四行，押韵方式为 AAxA。二者结构上的小区别在于李白的诗是五言，杜牧的诗是七言，都与《诗经》中典型的四言不同。

下面是笔者尝试对这首诗歌字面义的翻译，可能难以复制原诗的美感，译文如下：

> The iron on the broken lance, buried in the sand, has not rusted. I wash and clean it, and in it recognize an earlier dynasty. If the East Wind had not come to Zhoulang's aid. The two Qiaos would have been locked at spring time at the Copper Sparrow Pavilion.

故事发生在三国①时期，牧野之战后约 1400 年。汉王朝四分五裂，皇帝有名无实，丞相曹操大权在握。表格 5 中我们曾讨论过曹操，他成功地消灭了许多在汉末发展起来的割据势力。铜雀台是他为了纪念自己的胜利而建造的一座奢华的宫殿，是他进行节日庆典的地方，杜牧诗第 4 行提到的正是这里。曹操是非常有野心的，他希望消灭所有的敌对势力，重新

---

① 三国分别是魏、蜀、吴。著名小说《三国演义》中提到过。三个王国的正式建立时间分别为公元 220 年、221 年及 229 年。这本小说的英文全译本是由 Moss Robert 完成翻译的，英文名叫作 Romance of the Three Kingdoms，与《西游记》一起构成中国古代小说四大名著之二，另外两部是《水浒传》和《红楼梦》，英文分别为 Water Margin 和 Dream of the Red Chamber。

统一全国。

但是当时曹操的两个主要对手力量也不可低估。西南有刘备，刘备宣称自己是汉室正统。公元前 206 年建立汉朝的刘邦据说是刘备的远祖。刘备也有许多支持者，其中有两位在后世取得了传奇性的地位。一位是刘备的军师诸葛孔明，他的计谋在这首诗提到的赤壁之战中起到了决定性作用，前一章中我们也提到过他。另一位是刘备麾下的大将军关羽。关羽死后成为中国民俗文化中的神，他的画像在中国的庙宇、餐厅、商店随处可见。他在画像中通常是红脸，有着又黑又长的胡子，身披战甲，有时手持一本书在读。

东南是孙策建立的吴国，孙策死后，其弟孙权即位。吴国乔家有幸生了两位出众的美人，她们是姐妹，大乔嫁给了孙策，小乔嫁给了孙策麾下最有才华的将军周瑜，也就是杜牧诗第 3 行提到的"周郎"。大乔和小乔在第 4 行中并称为"二乔"。魏、蜀、吴三国鼎立大致反映了中国的文化地域。让我们跨越中国古代的漫长历史回看图 2 中的古地图。这种分布非常典型：政权集中在北方，西南陡峭的山峰与树林可以追溯到三星堆文化，东南沿海和海上文化可以追溯到良渚文化。

曹操集结了大量军队南下，打算消灭南方两股势力。[1] 在

---

[1] 这里主要是根据历史小说《三国演义》，属于广为人知的"野史"，与《资治通鉴》等官方历史学家记载的正史不同。

诸葛孔明说服周瑜后,这两股势力联合起来共同抗曹。北方军在数量上拥有压倒性的优势,曹操又建立了自己的水军,想要沿长江向东进发,顺流而下征服沿岸地区。为了解决这个问题,诸葛亮策划了一个分两步的反击计划,在赤壁阻挡曹操的进攻。

第一步,使得曹操深信将他的"舰队"——所有木船连在一起能提高战斗力。这要通过为人熟知的"苦肉计"达成。有一位官员(黄盖)牺牲自己,故意使自己遭受严厉的惩罚而后向曹操诈降。诈降后,他建议曹操把战船连在一起。表面上看,这样做的目的是帮助士兵克服晕船,毕竟大部分士兵是北方人,不习惯船只晃动。实际上,他的目的是阻止这些木船遇到燃烧的大火能够迅速分离,从而将曹操的水军一网打尽。

第二步,等某天大风从东边刮来,诸葛亮一方会全力进攻曹操的舰队,用燃着的箭矢火烧曹操的战船。最终诸葛亮的计策大获成功。接连而来的火箭烧了曹操的船队,整个水军遭受了灭顶之灾。这次失败让曹操灰心失望,撤回到北方,有生之年再也没能组织南下战役。赤壁之战发生在公元208年,地点在长江中游湖北赤壁,这是中国文化里最受喜爱的故事之一。既是因为这是个充满了英雄的故事,也是因为它代表了以少胜多的"逆袭"战例。毕竟从数量上,孙、刘的军队根本无法与曹操大军相抗衡。

杜牧生活在距赤壁之战五个多世纪之后,他手中拿着的

"折戟"引发了他的想象。我们刚读过的《诗经》里的人距今则有3000多年。无须多说，商周人民使用的甲骨文会比其他任何纯物质的手工制品更能激发我们对古代中国的想象。在许多方面，古代中国的爱情与战争同今天的爱情与战争并无根本性的差异。生物学的基础原动力是繁殖的欲望，就像理查德·道金斯有名的隐喻——"自私的基因"[①]会以各种形式在生命的繁殖中起作用。人类受到这种原始力量的影响，首先表现为男女之间的性吸引。在《诗经》中，我们见到许多对爱的表达：有的表达恋人彼此的爱意，有的表达他们结合之后的快乐，有的表达他们被分开后的痛苦与思念。诚然，爱的主题正是世界上许多艺术作品的源泉，音乐与诗歌只是其中两个方面而已。

与其他的独居或小家庭聚居的哺乳动物不同，人类从10000年前随着农业发展便开始变得越来越社会化。由两性吸引联结的血缘纽带，从父母到子女以及子女的子女，一代一代不断扩大，形成了复杂的社会网，导致了宗族的形成。有趣的是，笔者要指出"族"与动词"聚"有关，"族"的发音多一个后缀"-k"，[②]今天粤语中"聚"发音为"zeoi"，"族"发音

[①] 理查德·道金斯（Richard Dawkins，1941— ），英国人，著有 *The Selfish Gene*，书中认为自然选择仅仅通过基因发挥力量，由此产生了这一隐喻。
[②] 参见 Schuessler, Axel, *ABC Etymological Dictionary of Old Chinese*, Honolulu: University of Hawai'i Press, 2007. 我感谢高岛谦一提醒我注意到这一点。

为"zuk",我们用粤语拼音系统拼写就能看到这种语言形态学上的关系。在甲骨文中,我们可以清楚生动地看出宗族的重要性:"族"的甲骨文显示出来的图画是一面展开的旗帜,上面标着向上的箭头,① 暗示了宗族在军事方面的重要性。

随着社会变得越来越复杂,社会成员之间的关系也越来越复杂。从积极的一面来说,爱与关心可以从直系家庭成员推广到关系比较远的成员。成员不仅需要关心自己的父母和孩子,还要广泛地关心老人和孩子,才能得到众人的爱戴和尊重。我们已经看过了,一个领导者需要有这样的美德,能够愉悦上天,使得上天授予这个人"天命",在他的一生中实现其伟大的使命。

3000 年来,社会有了很大的进步,尤其是在保护人格、人权方面。我们在诗中见过两种可怕的习俗——《黄鸟》中的人殉与《巷伯》中的阉割。这些陋习并不仅限于古代中国,也折磨过世界上其他的民族,古代美索不达米亚也有类似的受害者。我们很疑惑,这两种地域上、时间上都相隔很远的文明竟然都存在过如此残酷的对人权的侵害。

还有一种陋习曾在中国出现——缠足。在女孩的童年时期,她的双脚会用布帛强力地缠绕起来,扭曲变形,使其变

---

① "族"的许多甲骨文记载可以参见 Chang, Kwang-Chih (张光直), *Art, Myth, and Ritual*, 983:36。

成又小又尖的"三寸金莲",这在中国叫作"缠足"或者"裹脚"。裹脚的习俗与情色有关,其历史可以追溯到宋代,一直持续至20世纪。不过这里也要指出,现代女性穿着高跟鞋行走时也有类似的效果,虽然有可能穿高跟鞋本来是为增加身高的。如今,中国女性的地位已经是前所未有地与男性平等了,毛泽东有个著名的比喻,叫作"妇女能顶半边天"。各种不人道的陋习在现代社会已经被彻底废除了,真是万幸。

在种族的层面,中国也有很大进展。古代中国的地域思维主要是以汉族为中心的。我们已经能追溯出这个民族诞生的时间了。而古代中国邻近的民族曾被看作野蛮人:他们没有文字,过着游牧生活,没有固定的农业生活。无疑,殖民时代欧洲中心主义思想大行其道,中国也通过"华夷之辨"确认自己的特殊地位。不可避免的战争使得哀叹战争的蹂躏也成为古代中国的主题,而且不断地在历史的发展中得到强化。

正如我们前文提到的,汉语在命名邻近民族时使用了一些暗示着动物的汉字,不是很礼貌,比如狗、牛、羊。除了极少数由强烈的好奇心驱动又有勇气的旅行家① 大胆地探索这个世界,其他民族的文化与语言被认为是次要的,常常被忽略。直到20世纪封建王朝彻底瓦解,国家才开始推行更开明的民族政策。少数民族的称谓中带贬低含义的字也被换掉,比如用

---

① 这些勇敢的旅行家中有一位突出的代表,那就是明代的徐霞客。

"瑶"代替"猺",用"壮"代替"獞",用"拉祜"代替"拉牯",等等。

今天,世界变得越来越小。人口数量增加,不同种族的交流日益频繁,人们不得不利用最新的科技手段争抢我们星球上不断减少的资源。全球化恶果之一就是文化正急剧变得同质化,多样文化大量减少。在这个过程中,许多可以追溯为不同文化之根的人文主义价值永远地消失了,正如许多种动植物永远从地球上消失一样。

我们可以亲身感受到,村里小伙子歌唱的爱情歌曲《关雎》,被巨大的扬声器中高声播放的超级明星乏味的歌声所取代;像《蒹葭》中情人置身其中暗暗约会的蜿蜒河流与小溪已修建了庞大的电站;古代中国五颜六色的画卷被城市之间纵横交错的混凝土高速公路、立交桥所取代。这种灾难性的列车——或许你愿意称之为"进步"——一旦我们登上了,就没有转身的可能了。

尽管如此,现代人不丢下我们谦卑的起源与独特的文化遗产还是很重要的,或许是在被黄河与长江哺育的平原,或许是10万年前在人类出现的广阔的非洲草原。通过回顾我们这个民族漫长的旅行,我们要记住这样一个教训:人性的胜利不在于摩天大楼有多高或者是火箭射程有多远,而在于我们如何友好智慧地分享我们共同的星球、共同的家园。

参考书目

中文

马持盈,《诗经今注今译》,台北:商务印书馆,1971。

马瑞辰,《毛诗传笺通释》,上海:上海古籍出版社,1995。

王力,《中国古代文化常识》,北京:商务印书馆,2012。

王国维,《王观堂先生全集》,台北:文华书局,1968。

尹荣方,《社与中国上古神话》,上海:上海古籍出版社,2012。

许渊冲、姜胜章,《诗经》,湖南:湖南出版社,1993。

苏秉琦,《考古学文化论集》,北京:文物出版社,1987—

1997。

李玉良，《诗经英译研究》，济南：齐鲁书社，2007。

李辰冬，《诗经研究方法论》，台北：水牛出版社，1982。

李学勤，《李学勤说先秦》，上海：上海科技文献出版社，2011。

李辉、金力，《重建东亚人类的族谱》，载《科学人》，8，35—39。

余冠英，《诗经选译》，香港：中流出版社，1977。

陈光宇，《商代甲骨中英读本》（未出版）。

林沄，《说"王"》，载《考古》，6，311—312。

金惠媛，《中韩文化谈》，北京：北京大学出版社，2013。

周膺，《良渚文化与中国文明的起源》，杭州：浙江大学出版社，2010。

屈万里，《诗经释义》，台北：中国文化大学出版社，1980。

闻一多，《闻一多诗经讲义》，天津：天津古籍出版社，2005。

袁愈荌译诗、唐莫尧注释，《诗经全译》，第 2 版，贵阳：贵州人民出版社，1991。

贾福相，《诗经·国风：英文白话新译》，台北：书林出版有限公司，2008。

夏含夷（Edward Shaughnesy），《兴与象：中国古代文化史论集》，上海：上海古籍出版社，2012。

夏纬瑛、范楚玉，《诗经中反映的周代农业生产和技术》，见李国豪等编《中国科技史探索》，香港：中华书局，1986。

（清）顾祖禹，《读史方舆纪要》，上海：上海古籍出版社，1995。

徐中舒，《古文字学讲义》，成都：巴蜀书社，2012。

徐中舒，《豳风说》，见《中央研究院历史语言研究所集刊》第六本第四分册，1936。

凌纯声，《中国古代神主与阴阳性器崇拜》，见《"中央研究院"民族学研究所集刊8》，1959。

高亨，《诗经今注》，上海：上海古籍出版社，1980。

郭沫若，《甲骨文合集》，北京：中华书局，1979—1982。

黄泉锋主编，《中国音乐导赏》，香港：商务印书馆，2010。

董同龢、高本汉，《诗经注释》（上、下），台北：中华丛书编审委员会，1960。

蒋立甫，《诗经选注》，北京：北京出版社，1981。

裘锡圭，《史墙盘铭解释》，载《文物》1978（3）。

英文

Baxter, William H. *A Handbook of Old Chinese Phonology*. Mouton de Gruyter.1992.

Blunden, Caroling & Mark Elvin. *Cultural Atlas of China*. New York: Checkmark Books. 1998.

Bodde, Derk. "Myths of Ancient China". *Mythologies of the Ancient World*, ed. By S.N. Kramer, 367-408.Garden City, N.Y.: Doubleday. 1961.

Bodde, Derk. *Chinese Thought, Society, and Science*. University of Hawaii Press. 1991.

Chan, Hong-mo（陈匡武）. *The Birth of China Seen Through Poetry*. Singapore:World Scientific. 2011.

Chang, Kwang-Chih（张光直）. *Art, Myth, and Ritual*. Harvard University Press. 1983.

Chang, Kwang-Chih & Pingfang Xu (eds). *The Formation of the Chinese Civilization*. Yale University Press. 2005.

Chao, Y. R.（赵元任）. *A Grammar of Spoken Chinese*. University of California Press. 1968.

Confucius. *The Analects*.Trans. D.C. Lau. Chinese University of Hong Kong Press. 1979.

Elvin, Mark. *The Retreat of the Elephants: An Environmental History of China*. Yale University Press. 2004.

Hansen, Chad. *Language and Logic in Ancient China*. University of Michigan Press. 1983.

Hummel, Arthur William. *The Autobiography of a Chinese Historian*. Gu, Jiegang. Leyden: E.J. Brill Ltd. 1966.

Karlgren, Bernhard. *Glosses on the Book of Odes*. Stockolm: Museum of Far Eastern Antiquities. 1942, 1942, 1946.

Karlgren, Bernhard. *The Book of Odes*. Stockolm: Museum of Far Eastern Antiquities. 1950.

Keightley, David N. *Sources of Shang History: The Oracle-Bone Inscriptions of Bronze Age China*. University of California Press. 1978.

Keightley, David N. *The Ancestral Landscape:Time, Space, and Community in Late Shang China* (ca,1200-1045 BC). China Research Monograph #53. University of California. 2000.

Lai, C. M. "Avian identification of jiu （鸠）in the Shijing". *Journal of the American Oriental Society* 117.350-352. 1997.

Lai, C. M. "Messenger of spring and morality: Cuckoo lore in Chinese sources". *Journal of the American Oriental Society* 118. 529-542. 1998.

Lewis, Mark Edward. "Evolution of the calendar in Shang China". *The Archaeology of Measurement*, ed. by I. Morley & C.

Renfrew, 195-202. Cambridge University Press. 2010.

Li, Fang & David P. Branner (eds). *Writing and Literacy in Early China*. University of Washington Press. 2011.

Lin, Yen-Hwei. *The Sounds of Chinese*. Cambridge University Press. 2007.

McNaughton, William. *The Book of Songs*. New York: Twayne. 1971.

Mountain, J. L., W. S-Y. Wang, R. F. Du, Y. D. Yuan & L. L. "Cavalli-Sforza. Congruence of genetic and linguistic evolution in China". *Journal of Chinese Linguistics* 20.315-331. 1971.

Poo, Mu-chou (蒲慕州). *Enemies of Civilization: Attitudes toward Foreigners in Ancient Mesopotamia, Egypt, and China*. State University of New York Press. 2005.

Pound, Ezra. *The Classic Anthology Defined by Confucius*. London: Faber and Faber. 1955.

Pulleyblank, Edwin G. "The ganzhi as phonograms and their application to the calendar". *Early China* 16.39-80. 1991.

Pulleyblank, E. G. "Old Chinese phonology: A review article". *Journal of Chinese Linguistics* 21:337-380. 1993.

Sampson, Geoffrey. *Love Songs of Early China*. Donington: Shaun Tyas. 2006.

Schwartz, B.I. *The World of Thought in Ancient China*. Harvard

University Press. 1985.

Shaughnessy, Edward L. *Sources of Western Zhou History*. University of California Press. 1991.

Shaughnessy, Edward L. *Ancient China: Life, Myth and Art*. London: Duncan Baird. 2005.

Takashima, Kenichi. "To appear Shang Chinese". *Encyclopedia of Chinese Language and Linguistics*.

Waley, Arthur. *The Book of Songs*. New York: Grove.1937/1960.

Wang, C. H (王靖献). *The Bell and Drum*. Berkeley: University of California Press.1974.

Wang, S-Y.William (王士元). "Three windows on the past". *The Bronze Age and Early Iron Age Peoples of Eastern Central Asia*, ed. by V. H. Mair, 508−534. University of Pennsylvania Museum Publications.1998.